来处

白荣敏 著

北方文艺出版社

图书在版编目(CIP)数据

来处 / 白荣敏著. -- 哈尔滨：北方文艺出版社，2022.1
　　ISBN 978-7-5317-5446-6

　　Ⅰ.①来… Ⅱ.①白… Ⅲ.①散文集-中国-当代 Ⅳ.①I267

中国版本图书馆 CIP 数据核字(2022)第 012855 号

来　处
LAI CHU

作　者 / 白荣敏

责任编辑 / 李正刚　赵　芳　　　　装帧设计 / 书香力扬

出版发行 / 北方文艺出版社　　　　网　址 / www.bfwy.com
邮　编 / 150008　　　　　　　　　经　销 / 新华书店
地　址 / 哈尔滨市南岗区宣庆小区 1 号楼
发行电话 / (0451) 86825533

印　刷 / 成都兴怡包装装潢有限公司　　开　本 / 880mm×1230mm　1/32
字　数 / 200 千　　　　　　　　　　　印　张 / 8.75
版　次 / 2022 年 1 月第 1 版　　　　　印　次 / 2022 年 1 月第 1 次印刷

书　号 / ISBN 978-7-5317-5446-6　　　定　价 / 78.00 元

荣敏的灵魂故乡

王剑冰

一

我与荣敏的相识,缘于太姥山。太姥山是天下名山,远在闽浙相交之地。一九九三年,《福建文学》曾向我发出过一次邀请,目标即是太姥山。当时一查,要换好几趟车,便畏葸了旅途的艰难。差不多三十年过去,竟一直无缘与之相见。这次终于成行,也是坐了八个小时的高铁,算是万水千山了。三十年曾经沧海,一见太姥山,仍有心动之感。

在高铁上,我还是百度了一下。这样,就看到了几篇别样的关于太姥山的文章,真的是横看成岭侧成峰,富有人文情怀和历史观照。不仅具有学术价值,更有文学价值,可以说是十分不错的文化散文。当时就以为著文者是一位学者型的作家,长期对太姥山的研究及观察成就了这些作品。在作者的笔下,我能够见识到太姥山的深广与博大,而网上其他写太姥山的文章都是泛泛而谈,不够深奥。由此便对作者产生了深刻印象。

来处

想不到上到山上,接待我们的,就是作者白荣敏,而且是太姥山管委会的副主任。这让人大为惊讶又甚感高兴。旅游景区,如此富有学养又富有文字表现的管理者委实不多。我们说,太姥山是一座低调的山,它把自己的沉厚与幽默,挥洒在了东海边。荣敏何尝不如是?

一个文化人,一个心怀澄明的文化人,来到一个名山圣地,是十分有意义的事情。正是因为这样的安排,使得一个人与一座山亲切起来。荣敏可以说是太姥山的发言人。

一路上与荣敏交谈,获益匪浅。荣敏始终把太姥山看成一座具有典型人文情怀的山,他长期地关爱这座山,研究这座山,经营这座山,为这座山发挥着自己的作用。

太姥山将自身安在大海边,一定注重汲取大海的养分与灵感。而荣敏要想获得文化的真谛、文学的奥妙,也要向太姥山寻找答案。他每天都与太姥山互换情愫。他们长久地对视,长久地交谈,长久地互相提示。由此我觉得,太姥山对于荣敏是一种幸运,荣敏对于太姥山亦然。

二

荣敏的气质里,藏着他的经历、他的经验以及他的学养与认知。荣敏说过:"一种有精神根据地的写作,才是值得信任的写作,我的精神根据地就是我生活着的这块土地。闽浙边区这块土地提供给我源源不断的厚实情感、生命体验、创作题材,让我找到了个体生命价值的所在,就如一滴水在大海之中,享用无边的快乐和幸福。"

在荣敏的文字中,我起码读到了他的三个"来处",也就是灵魂故乡。

一个是他现在工作的地方,他在这里十数年,几乎把自己所有的热情,所有的关注,所有的投入,都放在了太姥山,实际上把太姥山当作他的第二故乡。荣敏的叙述也表明了他人生中的某种渊源:"我幼时居住的小山村在沙埕港北岸的一个山腰里,放眼西望,太姥山巍峨挺拔的轮廓在夕阳的霞光中依稀可见,一股神秘的美艳就这样嵌进了一个少年的审美里,一个人和一座山的缘分因此在冥冥之中被悄然约定。"

人的故乡有两个,一个是生养自己的地方,还有一个是他长期生活的地方、受到滋养的地方。这第二故乡,对他更加重要。此可从《时光之山》《此地争传太姥家》《兹山合是神灵都》《太姥的诗意和风骨》《太姥山间,大师们流连的身影》《太姥山:白茶山》等一系列文字中得到佐证。

他以"一亿年天造地设,五千年人文渊薮,千百年诗意蕴藉",详尽地铺排出一个广阔的时光概念与人文气象。他这样称颂太姥山:"她既是一部自然经典,又是一册人文巨著,那些沉淀在时光中的魅力,值得我们一辈子体悟和领略。"

他喜欢太姥山的花岗岩洞群,以一种感念来抒情:"是时光给她的一颗七窍玲珑心。穿行在明暗光影之间,迂回在逼仄与幽深之间,仿佛是环环相扣的章回小说,脉络时隐时现,情节迥然不同,令人痴迷沉醉。"(《时光之山》)

他喜欢太姥山的星空，以一种哲思来观望："黑暗是一个巨大的'空'，内无所有，但有极强大的吸附力，这座千年古寺的过往繁华，千年来无数朝觐者的明眸善睐，一代代住山僧人的悲欣和无悲欣，都被这个巨大的'空'吸附了。"（《太姥山观星记》）

他喜欢太姥山的绿雪芽，以一种真挚来描绘："她来自太姥山巅的一阵风，或是飞鸟嘴上的一粒籽，抑或是女神指尖的一滴露。女神抬手一指，她便停在了那里，朝迎东海晨雾，暮浴太姥晚霞，于是生根、发芽，在榛莽草莱之中脱颖而出，亭亭玉立于峭壁之上。"（《绿雪芽：一株伟大植物的传奇》）

这些文章，都十分准确地写出了太姥山的自然之美，提升了太姥山的文化品位，展现他对太姥山的真切融入。

另一个故乡，就是生养他的地方，那个只有几百户人家的小山村。他对这块给予他生命的故土，深怀敬意与眷恋，这或许是他一生无法割舍的情结。尽管风云变幻，时光流转，物是人非，但怀有的还是一份老感情。故土还是心中的旧模样。他在《魂归何处》中细致地描写了童年故乡"充满诗情的乐园"，那种回味是沉醉的、迷恋的，然而又是无可回返的。所以后来写到大伯父时，会有几多迷失，几多怅然。我们还能在《来处》《一片云遥望故乡》《乡愁是一坛老酒》《番薯时光》等篇什中，得到诸多感慨与回味，得见他的故园深情。

父亲曾经是村里的种田好手，他耕作的田地成为村里的标杆。他也是村里的支部书记，有着中国农民的勤劳与良善。荣敏幼年就跟在父亲身边劳作，并悉数继承了父辈吃苦耐劳、坚韧不拔、负责担当、诚实敦厚的品性,以致他后来走出去,学习工作,始终保有那种朴素的本质。他为此时时忆念并心怀感恩。他说,尽管经营了几百年的白蓬岭"白厝里",在城市化大潮的裹挟下于几年之间迅速瓦解,"但每年清明节,这些飞出去的风筝必被一条丝线牵回村子,这条丝线就是一个字——白"。(《来处》)

乡愁是一个人的根本。荣敏的一篇篇关于乡愁的文字,显现出他的情感、寄托和迷茫。这是一个作家自觉的倾诉与良知的呼唤。由于时代的变迁,故乡越来越远了,但是那个根、那个想、那个念越来越近。

第三个故乡,我觉得就是文学。他把文学始终当作一种精神依托,没有忘记从这个故乡汲取养分。其汇聚着前两种故乡的某种集成,某种提炼,某种精神。他尊崇白居易,"香山"是白氏的堂号,知道祖先与"香山居士白居易有关联,不由得'文化自信'爆棚"。正因为如此,他才有一种充实,一种感奋,一种自信。所以他的写作是操练有素的写作,生活激发的写作。学习与观察之余,他会不断地交出具有个性色彩又有思想向度的答卷。

他写《时光深处的闽越国》,通过蜿蜒于闽浙交界的分水关古城墙,展现历史与地理的渊源以及人文的辉光。《世间冷暖一杯羹》,以世间各个时期各种人物的生活,写出"人性有多美,羹的味道就有多美"的人生境遇及人性感怀。《湖底的书香》,则是钩沉因修古田溪水电站而沉入湖底的溪山书院,展开对朱熹的述评。他在其他文章中,也有对白居易、朱熹、郑樵、谢肇淛、刘基、朱自清等人的描写。这些文字都有着个人情怀及文化思辨，是他知识积累的结果、阅读思考的体现。

由此说，人的思想、智慧、性情以及他的格局，一定会与他的所生所长、所处所依紧密相关。此三种故乡，给了荣敏一个无限深广的生命空间，他以之为主体，文字为载体，一次次出发，追寻、探索，构建饱含乡土气息、文化意蕴及彰显生命体验和情感色光的文字。

三

一个人的作品，不一定要有多大的量，但一定要讲求质，这个质的根本在文字。不随意浪费自己的情感，也不轻易浪费自己的生活和灵感，郑重地对待每一次提笔。

荣敏的文字表现出一个作家写作的谨慎与严肃。

如他写喜欢的蚕豆，在蚕豆花上不惜笔墨："不过蚕豆花的确漂亮，花茎是紫色的，粉白花瓣薄如蝉翼，中间未开的花瓣的根部长有大块黑斑，乍一看如蝴蝶的身子，一朵朵蚕豆花就如一只只展翅的蝴蝶，在春天的田野里飞舞。"（《童年的蚕豆》）

他写农村的大厝，情绪的追光打在明晰又抽象的声音上："我时常听到这个城市的声音：山岭上桐花盛开的声音，古厝里炒茶的声音，深巷里打什锦的声音，鳌峰山上木鱼敲打的声音，当然，还有桐山溪和龙山溪亘古不绝的流水的声音……两百多年前被放在一个名叫翠郊的村子里的一座大厝，也是福鼎的一个声音。"（《大厝的声音》）

他把家乡的回忆，放在具象的与城里不同的乡云上："我们村在山上，对面的山冈就常常挂着白云，一朵一朵，如妹妹头上的插花，百看不厌。有时是红的，在东边远远的海面上，或是西边山顶的天空上，像妈妈酿的酒，或是我们喝了妈妈酒以后的脸庞。有时黑压压一片，从山头直压下来，接着就下雨了。"（《半岭看云》）

他写岭上的红枫，写出庄重的人格气场与宏大气象："道两旁的枫树依然各自一字排开，和他四十年前离开时相比，树干高大挺拔了许多，它们像列队的士兵，无言地向这位回到故乡的开国功臣和治国良臣致敬；光秃秃的枝丫指向头上的天空，枫叶已然落尽，铺满了脚下，铺成了一条红色地毯，欢迎故人的真正回归。"（《火红的身影》）

当然，我们还能从他的作品中看出某种提示，受到某种感染，某种触动。如这样的句子："天地是如此宽广多情，山谷又是如此幽深神秘，一声长啸会让你顿生豪情，一句心语又让多情的幽谷收藏或者传递。"（《太姥三人行》）

再如："黑暗的确令人沮丧。难以想象，人类精神的夜晚如果没有星空，该是多么无趣；人类文明的天空如果没有星光闪烁，该是多么黯然。黑暗设置了暂时的挫折，远处的星星却赋予我们希望。在一切美好来临之前，总要经历一段难挨的时光，只要希望还在，等待就变得有意义。"（《太姥山观星记》）

读这类文字，真的会读出水气，读出力气来。那些气全在地垄一样的文字里。文字不一定诗意盎然或气宇轩昂，却有田园牧歌般的清新与舒畅。这样的写作容易让我们沉浸其中，应和其中，美妙其中。

着实，文字凸显着一个写作者的能力。这个写作者能够走多远，要看他的文字力量有多大。

四

荣敏在太姥山工作、读书与写作，偶尔会会哪里来的朋友，这是他的日常，《来处》是这日常中的收获，是他长期的沉潜与精酿。

荣敏是一个性情中人，但又有着含蓄深沉的特质。他读了大量的书，知识面很广。读他的文字，我们能够感到他在文学的海洋里徜徉了很久。我们甚至能看到孙犁的影子、汪曾祺的影子。我们觉得这些文字已经同他的认知融在了一起。

太姥山几乎聚集了所有放浪形骸、个性独具的石头，这反倒成就了太姥山的洒脱与从容、磅礴与大气。太姥山就是荣敏的经卷，他天天诵读，常读常新，常读常感。渐渐地，他也将自己读了进去，越来越有了太姥山的影子。

荣敏说他爬了上百次，仍旧没有把太姥山的神秘看尽。对于荣敏，我们也在慢慢看。有些答案，躲在时间深处。

（王剑冰，中国散文学会副会长，河南省作协副主席，享受国务院特殊津贴。）

他是乡土和山水的知音

吴昕孺

她来自太姥山巅的一阵风，或是飞鸟嘴上的一粒籽，抑或是女神指尖的一滴露。女神抬手一指，她便停在了那里，朝迎东海晨雾，暮浴太姥晚霞，于是生根、发芽，在榛莽草莱之中脱颖而出，亭亭玉立于峭壁之上。

这是散文家白荣敏《绿雪芽：一株伟大植物的传奇》的开篇。我很喜欢这篇文章。从这篇文章，亦约略可看出白荣敏的散文风格：立足于地域文化，却又洋溢着诗性的想象力。时下，散文越来越难写，题材、写法、结构等各方面的创新均渐呈疲态。我一贯主张散文写作专题化、地域化、学术化。窃以为，真正的好散文很可能不是专业作家写出来的，而是一本学术随笔、一部地方志、一沓情书，或者某位有心人的日记。

2013年夏，承蒙荣敏兄盛情邀请，我携家人前往福鼎度假，真切地感受到了荣敏的古道热肠，以及他对那一方热土的熟悉与深情。他不厌其烦地带着我在福鼎山水间漫游，赏桐江夜景，观太姥奇石，在沙埕港谛视莲花出水，上嵛山岛俯瞰湖海相依……他的介绍简洁而精到，更多时候让我自己看，自己想，自己玩味，由此产生出一种奇妙的效果，我在福鼎不过五六天时间，却仿佛成了一个福鼎人，我完全被福鼎的风光降伏了！

直到如今，每当宁静或独处时，我的脑海里总会不由自主地浮现出那些场景，便泡上一杯荣敏寄来的白茶，循着那袅袅茶烟，恍入李太白当年"梦游天姥"的奇境。我为福鼎写过洋洋万言的游记，为太姥山写过数十行的小长诗，但倾尽自己努力体现一名福鼎人的才情，一读荣敏的文字，才知道，我离"成为一名福鼎人"还差得太远。

我要揭秘的是，荣敏也并非土生土长的福鼎人，他出生于浙江最南端的苍南县。苍南毗邻福鼎，1986年，他初中毕业后到福鼎沙埕读高中，从此成了一个不折不扣的福鼎人。

我写福鼎，眼观耳听，走哪写哪，移步生文，浮光掠影，还停留在青原惟信禅师所说的"看山是山，看水是水"的层面。荣敏笔下的福鼎，却颇有"看山不是山，看水不是水"的味道。比如，他把太姥山称为"时光之山"：

面对太姥山，我有无穷的新奇和惊叹，她既是一部自然经典，又是一册人文巨著，那些沉淀在时光中的魅力，值得我们一辈子体悟和领略。

他分"一亿年天造地设""五千年人文渊薮""千百年诗意

蕴藉"三个章节来书写这座"时光之山",既呈现了地质变化的鬼斧神工,又渲染出海上仙都的人文气质,还烘托出方外名山的诗意情怀。

除此之外,我觉得,荣敏对太姥山最大的贡献,是他挖掘出了太姥山身上无可替代的母性;或者说,他用无可争议的史笔和文笔,确立了太姥山在那些流离失所者心中的"母亲"地位:

如今看来,太姥的家是一个多么温馨的慈善机构,但凡去她家,不但可以填饱肚子,还可能使自己穿得暖和。这样的良善,不出名也难,于是就引起了方外之人的关注,终于在一位"道士"的帮助下成了一位"仙人"(女仙)。(《此地争传太姥家》)

太姥山处于东南民族走廊的中心地带,历史上经历了多次族群融合事件。先秦时期,这里是南岛语族的发散地;秦汉到唐宋时期,南下的汉族与闽越族群在这里相遇融合;明清时期,畲族、回族等少数族群又沿着东南民族走廊迁徙到这里繁衍定居,从而再一次推动了本地区的族群大接触。经过多次族群融合后,太姥山地区除了汉族外,也分布着畲族、回族以及水上居民等多元族群,从而形成了多姿多彩的民族文化交融图景。(《时光之山》)

我们不难推测,作为朱熹昔日学生的杨楫,老师避难到了自己的县境,他心里是多么百味杂陈,但师徒的心是相通的,对杨楫来说,这不失为一次绝好的机会,他必须让老师的学说在生养他的土地上进一步发扬光大；而对一生矢志于理学传播的朱熹来说，能有一个场所供他讲学，也是再好不过的事。(《太姥山间，大师们流连的身影》)

方孔炤偕熊明遇多次游玩太姥山，都带着年幼的孩子方以智，这座神奇的名山在他幼小的心灵里刻下了深深的烙印，这个聪明的孩子后来成长为一位中国古代出色的科学家，他在《物理小识》中探讨了太姥山空谷传声的奥妙。因为明朝的灭亡并涉"从逆案"，方以智中年以后过着流离失所的"遗臣"生活，有一段时间，太姥山接纳和庇护了这位故人。(《时光之山》)

乙未初夏，著名文艺评论家谢冕先生来福鼎，说起一段与太姥山的因缘：大约距今七十年前，他福州老家家里存有一本手抄本《太姥山志》，宣纸书写，字迹娟秀，极为珍贵。可惜彼时战火连绵，这本当年他读来似懂非懂的书，后来消失在风烟之中。他家为什么有这本书呢？据说是他的父亲或兄辈为躲避日军侵略而避难太姥山，从山寺的僧人手中得到的。(《太姥的诗意和风骨》)

…………

其实，所有山水都自带母性，无论多么绮丽的风光，都是质朴、浑厚的大地母亲的一部分。但很多人看不到这一点，包括有些文人墨客，他们在山水间纵情恣肆，山水抚慰着他们，庇佑着他们，滋养着他们，他们却不知道如何护惜那一方山水。竭泽而渔，焚林而猎，杀鸡取卵，釜底抽薪，这都是司空见惯的人类愚行。从这一点来说，荣敏对于太姥山的倾情写作，让山水自然回归其本质，又达到了青原惟信"看山只是山，看水只是水"的第三重境界。

和我一样，荣敏喜欢游历。除了用步履丈量生他养他的浙水闽山，他一有机会，辄遍访各地，领略东南西北不同的人情风物。多年前，他来长沙，我和散文家陈瑶曾陪他去曾国藩墓地；他还去过湘南的郴州，在苏仙岭上的"三绝碑"前怦然动容……荣敏曾说，他是山水的一名忠实听众。其实，他不仅仅是一名普通听众，关键是，他听得懂山水，他是乡土和山水的知音。

我幼时居住的小山村在沙埕港北岸的一个山腰里，放眼西望，太姥山巍峨挺拔的轮廓在夕阳的霞光中依稀可见，一股神秘的美艳就这样嵌进了一个少年的审美里，一个人和一座山的缘分因此在冥冥之中被悄然约定。（《太姥的诗意和风骨》）

只那么一瞥，她崖壁之上、岩缝之中的遒劲身姿马上击中了他心灵的柔软部位，他感觉这株茶树分明就是自己影子的投射，分明就是他自己。（《绿雪芽：一株伟大植物的传奇》）

太姥山是白茶的源头。还记得 2013 年 7 月 30 日晚，我离开福鼎的前夜，荣敏和应杰两位仁兄带我去桐江边的茶室一条街，品饮各个种类的白茶。这辈子喝过不少茶，西湖龙井、君山碧螺春、嘉竹雀舌、云南普洱、安化黑茶、阿里山高山茶，还有我老家的金井绿茶……我平时喝茶，基本只为解渴，很少品其韵味。茶禅一味，我以为不渴即是禅。直至到了福鼎，邂逅白茶，方深味《神农·食经》中"茶茗久服，令人有力、悦志"的真意。

喝到深夜，三人都泛起类似微醺的感觉。我忽然诗兴盎然，饮下一盏"绿雪芽"后，迤迤然说道："白茶，是葱茏茶树一个优雅的梦，是丁香般叶片得以寄托的情思，是娇嫩青芽奋然一跃的理想境界。"荣敏怔怔地看着我，只说了一句话：

一杯茶的背后，是一个故乡。

它猛地击中了我，让我那显得浮夸和矫饰的抒情像稀松的泥土般哗然委地。现在，我读着这部厚厚的《来处》，荣敏的那句话又回响在耳边，我发现这本书斐然的辞采中，深藏着一颗素朴、真挚、赤诚的心。

2021年7月末于长沙望城吴家冲

（吴昕孺，中国作家协会会员，湖南省作家协会教师作家分会常务副主席兼秘书长，湖南省诗歌学会名誉副会长，湖南教育报刊集团总编辑。）

目录 Contents

Chapter 1 时光之山

- 002　时光之山
- 010　此地争传太姥家
- 016　兹山合是神灵都
- 023　太姥的诗意和风骨
- 028　太姥山间，大师们流连的身影
- 041　明末太姥之约
- 046　太姥三人行
- 054　应与名山旧有缘
- 059　太姥山：白茶山
- 067　绿雪芽：一株伟大植物的传奇

来处

074　太姥品茶

078　当我们读太姥石刻，我们读什么

084　太姥山观星记

Chapter 2 湖底的书香

090　梦一样的马栏山

093　时光深处的闽越国

101　福鼎山

107　莲花屿记

110　大厝的声音

114　石兰，老去的时光

118　棲林半日

121　御屏山记

123　双髻山记

125　玉塘珍重

129　松树冈的茶香

136	湖底的书香
140	东狮山雪韵
148	南阳石刻
153	半岭看云
158	在霍童古镇遇见
163	火红的身影
171	梅雨潭
176	那一潭深深的绿
181	玉苍山记
184	厚　庄

Chapter ❸ 一杯茶的背后

190	来　处
197	魂归何处
203	一杯茶的背后
207	魂牵梦萦的爱恋

213	一片云遥望故乡
219	乡愁是一坛老酒
223	错过了许先生
226	舌尖上的鱼
231	福鼎鱼片
235	番薯时光
240	童年的蚕豆
244	鼎边糊
247	世间冷暖一杯羹
253	跋：把乡土表现为具有灵魂

时光之山

Chapter 01

来处

时光之山

百多次攀爬始终不觉得厌倦，几多年探究仍感到其乐无穷！太姥山到底有什么样的魅力，值得我这样为之倾倒？如果让我代言太姥山，我该如何带你们认识她？面对太姥山，我有无穷的新奇和惊叹，她既是一部自然经典，又是一册人文巨著，那些沉淀在时光中的魅力，值得我们一辈子体悟和领略。

一亿年天造地设

当代诗人汤养宗在长诗《太姥山》的开篇写道："我爱的这座山其实就是一堆危石。/一座山全是努力的石头/每块岩石都在引体向上……"的确如此，赫赫名山，维石岩岩，走进太姥山，最夺人心魄的还是那"都在引体向上"的"一堆危石"。人们不禁要问，这一堆堆"危石"峥嵘峭拔，可又默默无语，究竟深藏着什么样的故事；它们欲从大地挣脱扑向天空的姿势又在表达怎样的诉求？是啊，这些不会说话的石头分明在用它们的身体向人们展示一部富有戏剧性的英雄史诗，使人们获得一种博大的、高远的、深厚的审美体验和精神洗礼。不管是单块岩石、简单的组合小品，还是规模巨大的群峰，都有极强的造型感、故事性和神秘力量。感性的人在这些石头里看出了"象形"，理性的人面对这些石头往往陷入"哲思"。前人咏太姥曰"太姥无俗石，个个似神工"，极为恰当地说出了造化的神奇和造物的精妙。

太姥山的石头来自一亿年前的燕山期造山运动。地壳运动使太姥山所在的地区不断隆升，构建了太姥山岳的最初框架；这个框架再经风化剥蚀，覆盖在上部的地层被剥去，花岗岩岩体露出地表；之后，流水沿着众多的裂隙，对花岗岩进行侵蚀，切割出纵横交错的嶂谷；其间，"无依无靠"或"根基不牢"的岩块在重力的作用下崩塌，崩塌下来的岩块堆叠，"建造"了众多的洞穴；而牢壮安稳的岩块却依然屹立不倒，形成了千奇百怪的峰丛。简单地说，岩体露出地表之后，受到重力崩塌、温度变化、风雨敲打、流水侵蚀、生物破坏等外界因素的长期风化侵蚀，造就了如今太姥峰石的千态万状。

太姥山的石头地质学上唤作钾长晶洞花岗岩。花岗岩是一种由侵入到地壳内一定深度的岩浆经缓慢冷却而形成的岩石，太姥山的花岗岩因含有大量红色钾长石而呈肉红色。这一抹温柔色彩，让最坚硬的石头变得娇俏甜美。太姥山的峰石轮廓灵秀丰润，作为高山峻岭花岗岩峰林地貌和石蛋地貌之间过渡的重要节点,她比孤傲峭拔的黄山多了一份亲和,比圆润光滑的鼓浪屿少了一份世故。面对这千态万状的石头,我们会不由得感叹风和水的力量以及时光的魅力。最柔软的风和水,用一亿年的时光把那些锋芒毕露、凌厉峥嵘的石头们驯服得圆润温柔、无比可爱。这些姿态万千的石头,都是积铢累寸的成就,都是以柔克刚的经典,都是漫长时光的作品。

还有岩洞。太姥山通体是洞,与喀斯特地貌的石灰岩溶洞不同,而是由花岗岩崩塌、巨石叠复而成的"走廊式"岩洞,以窄、长、深为特征,不仅曲折幽深,而且洞与洞交织如网。在太姥山一百多个洞穴里,有向低处延伸,直通大海;有向上扩展,可达峰顶;有两岩陡立,上夹落石;有削壁夹巷,见天如线;有乱石垒叠,有终年滴水……太姥山花岗岩洞群,是时光给她的一颗七窍玲珑心。穿行在明暗光影之间,迂回在逼仄与幽深之间,仿佛是环环相扣的章回小说,脉络时隐时现,情节迥然不同,令人痴迷沉醉。

五千年人文渊薮

屹立于东海之滨,闽浙交界,山水奇美、山海相济,太姥山素有"海上仙都""山海大观"之美誉,不仅巍峨奇峻,处处渗透出壮美秀丽的自然风光,而且更是一座具有深厚人文底蕴的文化圣山。千百年来,太姥山以母亲般宽广温润的胸怀滋养了东南人民，也成就了富有独特魅力的太姥文化。

"溪流曲曲抱清沙，此地争传太姥家"，作为中国南方文明的摇篮之一，太姥文化已不只是福鼎的主体文化象征，更是东南文化的一个灵魂。早在上古时期，东南人文始祖——太姥就在这片土地上种靛作蓝、炼药制茶，由此揭开了东南农耕文明的崭新篇章。承其教泽的黎庶，将她尊为太姥娘娘而历代加以礼敬崇拜，从而形成了独有的太姥娘娘信仰文化。如今，每逢七月初七，福鼎及其周边人民就会在太姥山自发举办大型的祭拜活动，可见太姥娘娘在闽东地区人民心目中的地位。

作为海上仙都，这里也是中国海洋文化的起源地之一。太姥山是一座海中圣山，"虹桥直上彩云边，海上岩开古洞天"。她穿行于东海之滨，绵延数百里，周围沙埕、秦屿、嵛山、台山等海港与岛屿组成的滨海地带，自古以来都是临海而居的太姥先民们渔樵耕读的家园。五千年前，这些闽越族先民依海而生，以海为田，饭稻羹鱼，发展出了灿烂的海洋文明。与此同时，这里也是最早参与海上丝绸之路贸易活动的地区之一。

太姥山地区历史上聚族而居的现象十分明显，由于农耕文化兴旺，导致本地区宗族组织十分发达，从而为儒家文化的发展创造了重要的社会基础。再加上宋代时迎来了大儒朱熹，这位闽学始祖在这里设帐授徒，过化存神，使得太姥文化区成为东南理学名区，推动儒家礼制透过宗族组织渗透进社会肌理，甚至出现了西昆孔氏这样的典型儒化宗族。

太姥山处于东南民族走廊的中心地带，历史上经历了多次族群融合事件。先秦时期，这里是南岛语族的发散地；秦汉到唐宋时期，南下的汉族与闽越族群在这里相遇融合；明清时期，畲族、回族等少数族群又沿着东南民族走廊迁徙到这里繁衍定居，从而再一次推动了本地区的族群大接触。经过多次的族群融合后，太姥山地区除了汉族外，也分布着畲族、回族以及水上居民等多元族群，从而形成了多姿多彩的民族文化交融图景。尤其是东南地区唯一一个世居少数民族——畲族，这个织绩卉服的美丽族群，绝大多数安居在这里，繁衍生息，将太姥文化区营造为畲族文化的一个中心。

与族群融合几乎同步相随的还有宗教信仰的传播。太姥山是道教的早期传播地之一，东汉时期已经有道教的活动记载。汉唐以后，佛教陆续传入，很快迎来兴盛阶段，梵宫林立，使得这里成为东南"佛国"。据统计，太姥山脉有大小寺院36座，其中25座散布于太姥山区各个角落，著名寺院有白云寺、瑞云寺、国兴寺、金峰寺、灵峰寺、一片瓦等，多建于唐宋。也是在唐宋时期，摩尼教的传入，使得太姥山成为中古时代东南少有的摩尼教传播地。明清时期，基督教也进入了这片土地。这些制度化的宗教相继在这里找到了合适的发展空间，它们和本地儒学崇拜和谐共处，发展出一种少有的五教共融多元宗教信仰世界。

太姥山是太姥娘娘的道场，太姥娘娘是东南人类的始祖母，是孕育东南人类的最早的母亲。在这个殊绝人境的东南胜迹，在太姥山系滋养出的这片青山绿水里,也只有母亲般博爱无比的胸怀才能容纳如此多元的文化。母亲是人类生命的源泉,母亲文化也是中华传统文化的核心,因此,如果把太姥山比作南中国的母亲山,那么太姥文化可以说是当之无愧的母亲文化的一个代表,吸引着成千上万的人前来朝圣。

千百年诗意蕴藉

回望历史,这座僻处祖国东南海陬的方外名山,还是名士们安顿身心的地方。千百年来,无数文人墨客登临吟咏,搞翰振藻,使太姥山间萦绕着浓浓的诗意。

"扬舲穷海岛,选胜访神山。鬼斧巧开凿,仙踪常往还。"(薛令之《太姥山》)明月先生当年在东宫因诗得罪唐玄宗而被逐,回乡途中,或许牵挂的就是离他福安老家不远的这座神仙居住的太姥山。被誉为"八闽之全才"的霞浦赤岸人林嵩则干脆在太姥山间筑草堂读书,"士君子不食唾余,时把海涛清肺腑;大丈夫岂居篱下,敢将台阁占山巅"。(林嵩草堂书院联语)太姥山间云卷云舒,都化作这位青年才俊的缕缕才情,萦绕在他宏阔的襟怀之中。

"静涵寒碧色,泻自翠微巅。品题当第一,不让惠山泉。"南宋著名历史学家郑樵来到太姥山下潋村讲学,这首《蒙井》表达了夹漈先生对来自太姥山巅的井水的喜爱,关键是,他以井水自比，自觉其困顿环境中的学问追求和人格修养均可无愧，而且自当精进不止，三十年人生，虽无意功名，但真要比试，自信不让那些临安城里的学子；只是，他志不在此，在于更宽阔辽远的所在！——太姥山水记录了一代大家不凡的心迹。

明万历年间，东林党人熊明遇受魏忠贤一党迫害，被流放福宁州任军事长官，与福宁知州方孔炤成为莫逆之交，由此也和太姥山成了知音。"太姥山边看落霞，秦川千里傍天涯。我谓逐臣来岭表，人言仙使泛星槎。"（《逍遥阁福宁道署》）这位热爱山水的性情中人，以太姥美景化解心中的郁结，抚慰心灵的创伤，为我们留下了"鸿雪洞""云标"两方摩崖石刻和《登太姥山记》等多篇诗文。方孔炤偕熊明遇多次游玩太姥山，都带着年幼的孩子方以智，这座神奇的名山在他幼小的心灵里刻下了深深的烙印，这个聪明的孩子后来成长为一位中国古代出色的科学家，他在《物理小识》中探讨了太姥山空谷传声的奥妙。因为明朝的灭亡并涉"从逆案"，方以智中年以后过着流离失所的"遗臣"生活，有一段时间，太姥山接纳和庇护了这位故人。

明代福宁诗人崔世召在悼念南宋爱国诗人谢翱的一首诗中这样写道："生平一剑许难忘，恸哭高原梦未央。姓字短碑题百粤，悲歌长恨寄三湘。文拈太姥金光草，诗逼奚奴古锦囊。南国骚人君独唱，少微千古拜寒芒。"（《读谢皋羽集二首》其二）谢翱是宋代长溪人，而太姥山域在宋代也属于长溪县，由此可见，从唐宋以后，福鼎太姥山已被当作闽东乃至福建的文化象征。现代文学家郁达夫有诗曰:"戎马间关为国谋,南登太姥北徐州。荔枝初熟梅妃里,春水方生燕子楼。绝少闲情怜姹女,满怀遗憾看吴钩。闺中日课阴符读,要使红颜识楚仇。"(《毁家诗纪》十一)此中"南登太姥北徐州"句指郁达夫于1936年应福建省主席陈仪之邀,南下赴闽并任省政府参议一事,他用"南登太姥"指代到了福建。遗憾的是,郁达夫始终未能实现太姥之行。

《太姥山全志》说太姥山"虽处穷僻,夙称胜地,历代文人高士记载歌咏篇章滋多",这些"记载歌咏篇章"含珠蕴玉,诗意蕴藉,至今仍闪烁着人性和艺术的光芒,为名山添色,为区域人文增辉。

原载《福建文学》2020年第11期,有删节

来处

此地争传太姥家

民国卓剑舟先生《太姥山全志》收有一首宋代郑樵的七言绝句《蓝溪》：

溪流曲曲抱清沙，此地争传太姥家。
千载波纹青不改，种蓝人果未休耶？

此诗虽文字浅白易懂，但诗味隽永，内涵丰富，夹漈先生不愧是著名学者、历史学家，他从文化的视角重申了蓝溪所流经的区域就是传说中的太姥故里这个重要信息。"此地争传太姥家"，说明至迟在郑樵生活的年代，这个地方的人们就在争相传诵太姥在此生活生产的传说故事，形成了此地就是太姥祖地这样的共识，从而完成了对太姥祖地文化的缔造。穿越千年时光，我们还能隐约感觉得到，太姥山地区的人们在谈起"太姥"时的自豪和温暖。

我们还可以想象，郑樵站在太姥山下、蓝溪之畔，抬头是似神仙一样的太姥峰石，低头是脚下亘古如斯的蓝色溪水，耳边是乡民们挂在嘴边的太姥故事，他肯定还会去查阅相关的典籍，如王烈的《蟠桃记》：

尧时，有老母以蓝练为业，家于路旁，往来者不吝给之。有道士尝就求浆，母饮以醪。道士奇之，乃授以九转丹砂之法。服之，七月七日，乘九色龙马而仙。因相传呼为"太母"。山下有龙墩，今乌柏叶落溪中，色皆秀碧。俗云：仙母归，即取水以染其色。汉武帝命东方朔授天下名山，乃改"母"为"姥"。

《蟠桃记》成书于东汉末年，现已散佚，但南宋时可以见到，郑樵去世二十年之后，即成书于淳熙九年（1182年）的梁克家《三山志》就收入了《蟠桃记》中这则关于太姥和太姥山的详尽记载。依此记载，太姥是尧时的一位老母，在太姥山间以练蓝为业。她是一位善人，家住路边，以自己提炼好的染料（蓝靛）甚或染好的布匹赠予路人，毫不吝啬；她或许还在家门口摆上一个摊位，为每一位行经的路人捧上一碗热汤；也许路人只需一碗热汤，她却捧上一碗家酿的醇酒。如今看来，太姥的家是一个多么温馨的慈善机构，但凡去她家，不但可以填饱肚子，还可能使自己穿得暖和。这样的良善，不出名也难，于是就引起了方外之人的关注,终于在一位"道士"的帮助下成了一位"仙人"(女仙)。

细究这个传说,有牵强附会之处,因为东汉才有的道士如何度化一位尧时的老母!显然,作为道教著作的《蟠桃记》是借太姥的传说来宣扬自己的教义,更具体地说,是借太姥的名人效应来渲染道教的神圣性。按这个传说,太姥是一位"仙",还不是"神"。我们平常所说的"神仙","神"与"仙"还是有区别的。"神"为先天自然之神,是先天就存有的真圣,按《抱朴子》的说法,是属于神异类,"非可学也";而"仙"是后天在世俗中修炼得道之人,凡是通过长期的修炼,最终达到长生不老的人,就是仙人。成书于元代的《历世真仙体道通鉴》就认为太姥是一位"神":

> 混沌初开,有神曰"圣姥",母子三人占此山。秦时人号为"圣姥",众仙立为"太姥圣母",今人祝庙,呼"太元夫人"是也。

这个记载较为客观地记载"太姥"身份的演化过程,她原是混沌初开时的一位神,到了秦代被号为"圣姥",立为"太姥圣母",再后来被呼为"太元夫人"。这个记载告诉我们,太姥是一位古老的原初神祇,是这个区域的人类始祖母,按卢美松先生在《太姥考略》中的说法,太姥是先秦乃至帝尧时代被尊为始祖母的女性,她和她的子孙们是开发福建及其毗邻地区的拓荒者。

"太姥夫人的传说,反映远古时代在福建及其周围分布着众多的原始氏族和部落,他们就是闽族的先民。这是由女性酋长领导的氏族社会,而他们的始祖母被后世尊称为太姥或太母。"清版《漳州府志》的记载,道出了太母传说的真谛:

> 太武山,其上有太姥夫人坛。前《志》谓闽中未有居人时,夫人始扩土而居,因而为山名。武一作姥。

《漳州府志》所记"太武山"在漳浦县,我国东南沿海(主要是福建省及其毗邻地区)有不少以"太姥"为名的山。正如明代何乔远的《闽书》所言:"闽越负海名山,多名太姥者。"除了福鼎的太姥山和漳浦太武山,还有浦城太姥山、政和太姥山,金门有座北太武山,浙江的缙云县、新昌县、仙居县也都有太姥(或天姥)山,李白那首著名的《梦游天姥吟留别》,写的就是现在浙江新昌境内的天姥山。这说明,祖国东南沿海,自古以来属于同一个文化区系,即属于有着相同的文化内涵与特点的部族,在中古以前,"太姥"这一称呼是东南区域山神文化的一种集体符号。

这种情况后来发生了变化,有学者指出,"太姥"作为一种独特的文化符号存在,但到了唐宋以后,已经逐渐特指今天所在的福鼎太姥山地域,而且这种指向在接下来的历史进程中不断被人们强化。唐以后有关太姥的诗文迭次纷出,蔚为大观,可以说构成了东南文学史上一个值得人们重视的主题，而这些以"太姥"为名的诗文基本上都具有一个共同的特点，那就是绝大多数都是围绕着福鼎境内的太姥山区域而展开。从素有唐代"开闽第一进士"之称的薛令之所撰写的第一篇太姥山诗，以及同时期林嵩所撰的第一篇太姥山记开始，在接下来的历代太姥诗文中，"太姥"这一文化符号都在指向如今福鼎太姥山区域，甚至发展出"太姥洋""太姥津""太姥村"等与太姥文化有着直接关系的地名。由此可见，经过长时期的文化塑造，"太姥"已经是闽东地区一个带有鲜明地方特色的文化符号象征。

所以到了南宋郑樵所生活的时代，"太姥家"就基本得到了确认，郑樵来到了长溪县的潋村讲学，零距离地感受到了这个地方的人们对太姥的尊崇和对"太姥家"的认同，于是有感而发为诗："此地争传太姥家。"

此诗题为"蓝溪"，溪流源自太姥山顶，到了山下后被称作蓝溪，然后在不远处入海，汇入晴川湾。按此蓝溪流经的区域，的确不大，但人们以太姥文化为核心概念的区域认同远远超出这个范围。明代福宁诗人崔世召在悼念南宋爱国诗人谢翱的一首诗文中这样写道："平生一剑许难忘，恸哭高原梦未央。姓字短碑题百粤，悲歌长恨寄三湘。文拈太姥含光草，诗逼奚奴古锦囊。南国词人君独唱，少微千载拜寒芒。"谢翱是宋代长溪人，而太姥山域在宋代也属于长溪县，此诗以"太姥"指代谢翱家乡长溪，说明当时的太姥山已被当作闽东地区的文化象征。

2016年5月,《太姥文化:文明进程与乡土记忆》一书由商务印书馆出版,该书首次提出并确立了"太姥文化"这一概念,同时从地域、社会和人类文明发展的人文视角,全面地阐述了太姥文化的深刻内涵;另外,还使用了"太姥文化区"这个概念,提出作为太姥文化的区域支撑,可以将太姥山系所在的具有相同文化特质的地区统称为太姥文化区,认为凡是在文化心理结构中认同太姥文化影响的地域,都可归入太姥文化区。从具体的地理空间来看,其核心区域主要指的是以今天福鼎市所辖1500多平方公里的陆岸地区,但外延也扩展到超过1万平方公里的海域地区以及周边如福建柘荣、霞浦,浙江苍南、泰顺等地的一些文化交叉区域。

今天看来,这个有着相同文化特质的"此地",才应该是这一片区域传说中的"太姥家";而更大的"太姥家",则指整个祖国东南区域,那是另外一个需要展开细说的话题了。

原载《散文选刊·下半月》2018年第5期

来处

兹山合是神灵都

明代戏曲家屠隆写有一首七言古风《太姥山歌为史使君赋》。史使君为时任太姥山所在地福宁州知州史起钦,与屠隆同为浙江鄞县(今宁波市鄞州区)人,因史起钦常于同乡面前自矜于辖内名山美景,引起屠隆的钦羡之情,故有屠隆此作。实际上屠隆并未曾有太姥之行,只因史起钦的津津乐道(史起钦还编有《太姥山志》,估计屠也能读到),故诗中所写尽得太姥之妙,诗的最后还展示了一个太姥山的"神仙世界"——

> 吾闻太姥主名岳,尧时得仙启关钥。
> 朝游昆仑暮蓬莱,来往笙箫控鸾鹤。
> 兹山合是神灵都,力牧容成此炼药。
> ············
> 绛雪仙丹传玉札,彩云天乐侑琼筵。
> 我欲寻真来采药,解衣烂醉卧其巅。

诗中描绘的太姥山是一处神灵聚集之所，尧时有太姥入主此山，并为山神，与仙界来往频繁，而且力牧、容成等仙人在此炼药。"绛雪仙丹传玉札，彩云天乐侑琼筵"，真是一个美轮美奂、快乐逍遥的神仙之境。

关于太姥山的神仙之境，开闽第一进士、唐代福安人薛令之的《太姥山》一诗就这样写道：

扬舲穷海岛，选胜访神山。
鬼斧巧开凿，仙踪常往还。
东瓯溟漠外，南越渺茫间。
为问容成子，刀圭乞驻颜。

此诗所展示的太姥山，是地处东南海陬、云雾渺漫之中的一座神山。这座神山之上，有神仙的身影来来往往，有传说中的容成先生在此修炼。此诗是现存关于太姥山的最早文献，它说明至少在唐代，太姥山已是人们心目中的神仙之山。其实从那时开始，关于太姥山的神仙之境，古之诗文涉及者众，一直吟诵不绝，比如明代另一位福宁知州殷之辂《蒋洋道中望太姥山》曰："望里仙踪渺，烟霞沧海东。径迷丹灶外，人转大还中。"明末爱国诗人夏完淳《南越行送人入闽》中有"古南越，武夷太姥神灵穴"句。清康熙年间出任福宁府知府的郭名远在《观〈太姥山志〉有感》诗中也提道："太姥由来古，才山浪得名。幻从尧代著，仙自汉时评。"清初左天埔《洪山赋》亦云："尧母孕灵兮山称太姥，地托秦人兮犹名秦屿。"民国福鼎名士卓剑舟先生在其《太姥山全志》的《自叙》的开头一句就是："太姥古称仙都，殊绝人境。"

这座东海之滨的太姥名山，一直是人们心目中的神仙之山。

神仙之山要有神仙，太姥山第一位神仙当然就是太姥娘娘。关于太姥娘娘，不管是最初与女娲、西王母一样有着显赫身份的神话人物，还是后来作为普通女子（被称作"蓝姑"）而最终成为一方神祇，都是以一位女神的形象活跃在太姥山区民众的心目当中。这种活跃的存在，首先见证于口口相传于太姥山区的民间传说。有以下几个版本：一说是尧帝奉母泛舟海上，突遇风雾，迷失方向，待日出雾散之时，忽见东海之滨出现一座仙山——太姥山，遂移舟靠岸，徒步上山游览，而帝母却留恋此山风景，乐不思归，从此便栖居半云洞中，闭关修持；另一说是尧帝登山时，见一老妇酷似其母，便封她为太母，后改母为姥，俗称"太姥娘娘"；还有一种，说是尧帝时，有一老母在才山（太姥山）居住，种蓝为业，其为人乐善好施，深得群众爱戴，老母辞世后，人们感念她的恩德，奉祀为神明，后代人称她为太母，名此山为太姥山。

太姥山区口头流传的传说见证了太姥作为一位古老的民间神祇，在这个地方得到了信众的普遍认同和社会的广泛接纳，而且被不断丰富的过程。

而书面的记载,除了上述历代文人雅士的诗文作品,还有就是地方志和一些宗教专门书籍。《历世真仙体道通鉴》对太姥的记载,说其是混沌初开时就有的神,秦时人号为"圣姥"。而《道藏·仙真衍派》则把太姥和西王母牵上了直接的关系,太姥成为西王母的第三个女儿:

> 王母第三女太姥夫人青蚨至闽中托土以居。因不事修炼,形容衰退。后独处南闽山中调摄。西母在度索会后,念其苦行多年,乃放驾来山,顾传以九转丹砂。太姥炼而服之。太姥所居山有三十六峰,汉武改名太姥。后闽王封为西岳。

西王母就是王母娘娘,她是中国民间群体性崇拜的代表性世俗神,战国以前是神话中的半人半兽形神灵,到了汉代成为雍容华贵的女神之母祖。所以,太姥娘娘作为王母娘娘的第三个女儿,自然,她的身份也应该与王母娘娘无多大差别,都是属于民间集体崇拜的世俗神范畴,只是因为"独处南闽山中(太姥山)"而成为东南一带的区域性女神。

而宋淳熙《三山志》引东汉末年王烈《蟠桃记》的记载又与上述两种有所不同,这个记载说太姥是尧时的一位老母,在太姥山间以练蓝为业,因为乐善好施,引起了方外之人的关注,最后在一位道士的帮助下成为仙人。"道教在其发展过程中,将闽中的许多民间信仰都纳入自己的神灵系统。"（徐晓望主编《福建通史》第一卷）太姥山地区有了道教之后，太姥娘娘就被道教"改造"成为一位他们教派中的女仙，被纳入了道教的神灵体系。

这种吸收和接纳，在太姥山佛教发展过程中照样进行。据了解，山上的僧人们把太姥娘娘视为他们佛教的护法神。考如今太姥山上各寺院，如一片瓦寺、国兴寺、白云寺、香山寺、青龙寺等，均有供奉太姥娘娘，就连专家普遍认为是摩尼教遗址的摩尼宫，如今内里供奉的也是太姥娘娘像。

我们回到先前的话题。陈支平《福建宗教史》说，福建偏处东南沿海，先秦时期为闽越族聚居地，与中原联系极少，受中原文化的影响也不大。自秦始皇二十五年立闽中郡以后，中原文化才开始逐渐传入福建，其中神仙传说也在秦汉时期流播福建。有关文献记载着数十名居住在福建境内的神仙传说，就太古时代来说，除了上文说到的太姥，还有一个重要人物：容成。

容成，《列仙传》称其为老子之师，又曾为黄帝之师，居太姥山修仙，后转徙崆峒山，年二百余岁，善导引之术，保精炼气，老而转少，面带幼容，是一位上古传说仙人中的重要角色。容成先生和太姥山的渊源不浅，《福鼎县志·方外》"容成先生"词条说：

> 黄帝时人。尝栖太姥山炼药，后居崆峒，轩辕黄帝师之。今中峰下石井、石鼎、石臼犹存。

传说中容成炼药的丹井在滴水洞里，景区开发后修建石阶覆盖住了大部分井口，现尚留有一个狭长的口子供游人参观。以上这个记载，《县志》中标注转引自《力牧箓》。《力牧箓》是汉晋时期的书，已失传，但我们又不免联想到"力牧"。在传说中，力牧与风后、大鸿同为黄帝的三位大臣，力大无比，善于射箭，在涿鹿大战中战胜蚩尤，是远古畜牧民族首领。清乾隆年间《福宁府志·地理志》说太姥山"相传尧时太姥业蓝处，又云殷力牧、容成子栖此炼丹"。说力牧也曾在太姥山修炼。

秦汉时期，神仙方术为秦始皇、汉武帝等最高统治者所好，汉武帝对神仙方术更是迷恋，在位时派去名山及海上求仙人仙药等方士成千上万，据说东方朔就是其中的一位。《八闽通志》引《蟠桃记》的话说"汉武帝命东方朔授天下名山文，改'母'为'姥'"，传说白云寺后门石壁上"天下第一山"的摩崖石刻还是东方朔的手笔。东方朔最终也成为一位仙人："一旦乘龙飞去，不知所适。"（《汉武帝内传》）

太姥山滴水洞口有一摩崖石刻"丹丘蹬"，与汉代茶仙丹丘有关。汉《神记异》记载了这么一个故事，说余姚人虞洪，入山采药，遇一道士，牵三青牛，引洪至瀑布，曰："予丹丘子也。闻子善具饮，常思见惠。山中有大茗可以相给，祈子他日有瓯栖之余，乞相遗也。"丹丘子听说太姥山盛产茶叶，即入山修持。

另外，传说中的八仙之一汉钟离，也是在太姥山经太姥娘娘点化而得道成仙；东晋的著名道士葛洪曾在太姥山炼丹，相传其名著《枕中书》即写于太姥山中；唐代的司马承祯常栖太姥山炼丹修持，后隐居浙江天台山紫霄峰……

　　学术界和道教界肯定了太姥山作为道教名山的地位。《中华道教大辞典》说太姥山"峰峦奇特，洞壑玲珑。东汉至晋为道教名山，唐以后释、道并立"。何绵山先生《闽文化概论》一书也有相同的论断："闽东的太姥山……东汉至晋为道教名山，唐以后道教仍很兴盛。"福建道教协会编的《福建道教史》云："闽东太姥山古称'仙都'，则为道流修真的重要场所。"

　　客观地说，以上种种如果要从地理学上寻找根据，是由于福鼎地处东南海滋一隅，崇山峻岭三向包围，只一面向海，陆上不易进入，经由海路登陆的方士和被流放到沿海的谪宦很容易把它认为是海岛，以此传闻的结果，更增添了太姥山的神秘性，所以，方外之士竞相入境修持这一事实，便顺理成章。再加上太姥山奇峰怪石，千形万状，而又常常云蒸霞蔚，雾幻烟迷，有海市蜃楼般的诡奇美景，为人们提供了足够充分的想象可能，产生太姥女神和各路神仙的传说是再正常不过的事情了。

原载《海外文摘·文学》2019年第9期，有删节

太姥的诗意和风骨

乙未初夏,著名文艺评论家谢冕先生来福鼎,说起一段与太姥山的因缘:大约距今七十年前,他福州老家家里存有一本手抄本《太姥山志》,宣纸书写,字迹娟秀,极为珍贵。可惜彼时战火连绵,这本当年他读来似懂非懂的书,后来消失在风烟之中。他家为什么有这本书呢?据说是他的父亲或兄辈为躲避日军侵略而避难太姥山,从山寺的僧人手中得到的。

"太姥山庇佑了我的家人!"谢老无限深情地说。

我想,太姥山庇佑的又何止是谢老的家人!这座僻处祖国东南海陬的方外名山,自古以来就是名士们安顿身心的地方。"仰止子朱子,敬吊璇玑迹……紫阳千载人,瓣香情何极?遗迹亘古存,长啸洞天碧。"传说朱熹在太姥山上的璇玑洞注释《中庸》,民国卓剑舟先生的这首《璇玑洞同李华卿敬吊晦翁遗迹》使我对此传说有了几分认同。南宋庆元三年(1197),一代理学大师遭到朝廷的迫害流落到了太姥山间,他的学生杨楫在太姥山下的老

来处

家潋村，以极虔敬而庄重的态度接纳了他，并请他在族里的石湖观开课讲学，这个石湖观后来以"石湖书院"的名号被载入中国书院史。我不知道为什么福鼎城关后来也有了一座名叫"石湖"的桥，桥两头又有了唤作"石湖"的小区，如今，我住在这个小区里，就得便把书房命名为"石湖居"，过着自适而充实的读书写作生活。两个"石湖"或许并无牵连，但均令我情不自禁地喜欢。"溪流石作柱，湖影月为潭"，一代大儒为石湖书院仅仅留下这样十个字。我以为这十个字是"石湖"二字的最好诠释。时光如不可阻挡的洪流奔向未可知的远方，但我们只以石柱的姿态做坚定的站立，一旦水流稍有缓和平静，还不忘欣赏水中月亮的倒影以及一层层泛着光晕的涟漪。庆元二年的"党禁"，朱熹以"伪学魁首"落职罢祠，甚至有人提出"斩朱熹以绝伪学"，朱子门人流放的流放，坐牢的坐牢。此间的朱熹，大难随时可能降临，但他依然一腔旷达，以其深邃的思想和高尚的人格，为太姥山区的文脉传承树起了一面高扬的旗帜。而此间的杨楫，亦表现出了与老师风雨同舟、患难与共的可贵精神，他履理学之大义，讲师生之真情，给危难中的晚年朱熹以莫大的支持与安慰。我们应当记住八百多年前发生在太姥山下的这段师生佳话，因为有了这段佳话，福鼎才有幸成为"朱子教化之地"，太姥山下的这块土地才有浓浓的书香缭绕并久久地弥漫开来！

　　来太姥山下潋村讲学的还有著名历史学家郑樵。夹漈先生淡漠功名却忧心国运，生活清苦而痴心学问，由于北方金兵在攻破北宋京都时抢走了朝廷的三馆四库图书，所以他决定以布衣学者的身份，在家乡夹漈山为南宋朝廷著一部集天下书为一书的大《通志》。为了得到著《通志》所需的学问，这位而立之年的青年学者背起包袱，独自一人前往东南各地求书。"乃翁爱书书满楼，万轴插架堪汗牛。"南宋绍兴十九年（1149），郑樵的脚步在潋村杨家的藏书楼前流连不忍离去，他同意以私塾教师的身份留在杨家，条件是能够自由阅读杨家的藏书。"静涵寒碧色，泻自翠微巅。品题当第一，不让惠山泉。"郑樵的这首《蒙井》堪与朱熹的《观书有感》相媲美，诗中描述了蒙井水的清冽，表达了对来自太姥山巅的井水的喜爱，关键是他以井水自比，自觉其困顿环境中的学问追求和人格修养均可无愧，而且自当精进不止，三十年人生，虽无意功名，但真要比试，自信不让那些临安城里的学子；只是，他志不在此，在于更宽阔辽远的所在！——太姥山水记录了一代伟人不凡的心迹。

一粒沙里藏着一个世界，一滴水里拥有一片海洋。一部《太姥诗文集》，就是全部游山者的心灵史和人物志，其中的喜怒哀乐、顺逆荣辱，以及时代悲欢、历史洪流，都开放在犹如一朵朵小小的浪花似的诗文之中。南宋咸淳七年（1271），福建怀安（今闽侯）人陈嘉言，因向朝廷上疏乞援襄阳以解东南之危，得到赏识而授官建州司户。景炎元年（1276），元兵攻陷建州，以嘉言上疏事，特下通缉令，必欲得之而甘心。陈乃由间道遁入太姥山，并于山中聚徒讲学。"吾闻尧时种蓝妪，世代更移那可数。

帝尧骨朽无微尘,此间犹有尧时墓。墓中老妪知不知?五帝三皇奚以为!狼贪鼠窃攫尺土,蘖木未枯已易主……请君绝顶试飞舄,左望东瓯右东冶。山川不见无诸徭,但见烽烟遍郊野。野老吞声掩泪哀,茫茫沧海生蓬莱。"这首《太姥墓》诗,满怀悲愤,直摅在异族统治下的破碎山河、遍野哀鸿的忧国忧民之心声,读来令人血脉偾张,扼腕长叹。

明万历年间,熊明遇受魏忠贤一党迫害,被流放福宁州任军事长官,与知州方孔炤成为莫逆之交,由此也和太姥山成了知音。"太姥山边看落霞,秦川千里傍天涯。我谓逐臣来岭表,人言仙使泛星槎。"这位热爱山水的性情中人,以太姥美景化解心中的郁结,抚慰心灵的创伤,为我们留下了"鸿雪洞""云标"两方摩崖石刻和《登太姥山记》等多篇诗文,所谓文人的不幸,往往成为文学和山水的幸运。比如柳宗元的《小石潭记》、范仲淹的《岳阳楼记》、欧阳修的《醉翁亭记》,乃至王阳明的《瘗旅文》,莫不是他们迁谪期间的力作,其相关地点也因此而扬名,成为人文景点,接受四方来客的凭吊和瞻仰。

我幼时居住的小山村在沙埕港北岸的一个山腰里,放眼西望,太姥山巍峨挺拔的轮廓在夕阳的霞光中依稀可见,一股神秘的美艳就这样嵌进了一个少年的审美里,一个人和一座山的缘分因此在冥冥之中被悄然约定。第一次爬太姥山是在读初中的时候,几个小伙伴过沙埕港流江渡到杨岐,经店下达太姥山下的秦屿梅花田、排长岭上山,到了山上已是过午,但大家都不觉得饿,心中洋溢着一股抑制不住的兴奋和无可名状的愉悦。这种不甚明晰的美感来自一座名山散发出来的魅力、兰花一样隐隐的芬芳和春草一样明净的清新。但后来,我慢慢读出了这座名山的沧桑和厚重,回头想来,已上名山几十上百次,每一次走在山路上,先贤们的身影款款而来,翩然而去,我吐纳着他们呼吸过的一缕缕清风,注目于他们吟诵过的一朵朵云彩,面对着他们抚摸过的一块块岩壁,追随着他们留下的一个个脚印,我的周身洋溢着温情和敬意。我和他们的灵魂对话,接受他们的教诲,如同一个幼小的学童站在一群大师的身旁,默默地聆听和体悟——关于一座名山的诗意和风骨。

原为《太姥诗文集》(厦门大学出版社 2015 年版)代跋,有删节

来处

太姥山间,大师们流连的身影

一

基本能够确认,郑樵(1104—1162)与福鼎的关联和太姥山下潋村的杨家有关。

潋村位于太姥山东麓纱帽峰下,三面环山,面向东海。这个古老的村子后来因为明代抗倭古堡而受人关注,但它文化发展的顶峰当上推至宋代。早在北宋徽宗朝崇宁五年(1106),潋村杨家的杨惇礼就高中进士。杨惇礼喜欢读书,却不爱当官,在连任陕、彭、泉、宿四州教授之后,到朝中转任太学博士,时以贪渎闻名的权相蔡京结党专权,他申请退休,后多次谢绝朝廷重用,还没到60岁就安居老家,所以当时的官场称杨惇礼有三奇:"有田不买,有官不做,有子不荫。"我想杨惇礼是个明智之人,知道人生什么重要,不一定要当官,不需要很多田,却必须要有很多书。

就是因为有了很多书，杨家才能与郑樵结缘！

宋代著名学者、历史学家、藏书家郑樵，学者们称之为"夹漈先生"。郑樵一生淡漠功名却忧心国运，生活清苦而痴心学问，他在厨无烟火、困苦之极的莆田夹漈草堂上诵声不绝、执笔不休，聚书万册、著书千卷，给后人留下一份精辟独到的精神财富，在我国文化史上树起了一座丰碑。

郑樵出身书香世家，天资聪颖，长大后更勤奋好学，博闻强记。16岁，其父死于苏州，他便不应科举，认为昏暗不明的仕途，不如读书的志向来得明晰。先与胞弟及堂兄结庐越王峰下的南丰草堂埋头读书，不久弟死，又与堂兄结伴前往城北的夹漈山上读书。在夹漈山上筑屋三间，名曰"夹漈草堂"。草堂里，他们寒月一窗，残灯一席，置身于苦读、著述和聚书的生涯。郑樵一生著述宏富，共八十四种、千余卷之巨。可惜大都散佚，现流传于世的只有《通志》《六经奥论》《尔雅注》《夹漈遗稿》《诗辨妄》等数种。

由于北方金兵在攻破北宋京都时抢走了朝廷的三馆四库图书，所以郑樵决定以布衣学者的身份，在夹漈山为南宋朝廷著一部集天下书为一书的大《通志》。为了得到著《通志》所需的学问，郑樵再一次背起包袱，独自一人前往东南各地求书。于是，这位而立之年的青年学者来到了长溪，并留于长溪授学。

明代两部《福宁州志》以及清版《福宁府志》均记载：

来处

"（郑樵）授学长溪，提举杨兴宗从之游。"卓剑舟先生编于民国期间的《太姥山全志》说得更明确："夹漈先生尝授学潋村，提举杨兴宗从之游。"民国《福鼎县志》卷七《名胜志》亦载："灵峰寺，在潋村……宋编修莆田郑樵曾授徒于此。"而关于杨家藏书之富，清曹庭栋《宋百家诗钞》录有宋人陈鉴之《东斋小集》，其中有一首《寄题长溪杨耻斋梅楼》，开头两句就是："乃翁爱书书满楼，万轴插架堪汗牛。"此楼就是杨家先世藏书和读书之所。

与其祖父杨惇礼相比，杨兴宗在官场要活跃一些。不仅被载入明黄仲昭的《八闽通志·名臣》，《福宁州志》和《府志》亦有其传记，均有"少师事郑夹漈"的记载，而郑樵故乡所修之《兴化县志》则更详尽："先生尝教授福温之间，从游者号之夹漈弟子，而吏部杨兴宗为高第。至今后学思而仰之。"

《郑樵年谱稿》以为，郑樵流寓长溪时间，是绍兴十九年（1149）。十一年后，青年才俊杨兴宗成为杨家的第二位进士，从此进入仕途，初任迪功郎，再调铅山簿。这位有为青年敢于议论朝政，孝宗刚刚登极，他就对朝廷提出"任人太骤，弃亦骤；图事太速，变亦速"的批评。时南宋只余半壁江山，且北边金兵气焰正炽，他向朝廷提"以守为攻"之策，当时宰相汤思退主张与北边议和，托御史尹穑传话，如果见皇帝时不另提主张，"当处以美职"，杨兴宗"谢却之"。他反对和议，惹得汤思退大怒，而"孝宗嘉其志"，所以得以一路升迁，任校书郎，与当年的另一位老师林光朝同事，提拔了郑侨（郑樵从子）、蔡幼学、陈傅良等人，这些人后来都成为朝廷栋梁，所以"时称得人"。因为政见不合，杨兴宗最后得罪当权派被外放，先后任职于处州、温州、严州，卒于湖广提举，"甚有政声"。

其实秦川一带特别是潋村的山水真是值得流连，放眼西边，千姿百态的太姥山石营造一方仙境，近处青山如屏，绿水如琴，村前一方小平原平坦开阔，烟水氤氲。那条源出太姥山顶的蓝溪到此穿村而过，吟唱着一首古老的传奇："每岁八月，水变蓝色。相传太姥染衣，居民候其时取水，沤蓝染布最佳。"郑樵流连溪畔，为我们留下了《蓝溪》一诗：

溪流曲曲抱清沙，此地争传太姥家。
千载波纹青不改，种蓝人果未休耶？

卓剑舟《太姥山全志》载："在蓝溪前三桥下，石壁坚融，中有一穴，形如斧凿，泉极甘冽。"是为蒙井。郑樵还写下了《蒙井》一诗：

静涵寒碧色，泻自翠微巅。
品题当第一，不让惠山泉。

诗中，郑樵正面描述了蒙井水的清冽，表达了对来自翠微之巅的井水的喜爱；除此，我们还能在清冽的井水中看出作者的影子，他以井水自比，自觉其困顿环境中的学问追求和人格修养均可无愧，而且自当精进不止，三十年人生，虽无意功名，但真要比试，自信不让那些临安城里的学子们；只是，他志不在此，在于更宽阔辽远的所在。

太姥山水记录了一代伟人不凡的心迹。

二

南宋庆元三年（1197），一个大人物的身影在福鼎这个偏于闽东北一隅的小邑闪现，他就是大理学家朱熹。

对福鼎来说，这不失为一个特大人文事件，这事件对后代所起的巨大影响以及本身所折射出的象征意义在福鼎的人文教育史上均是浓墨重彩的一笔。

事件的重大缘于人物的重要。朱熹（1130—1200），生活在南宋孝宗至宁宗时代，担任过一些地方官，但主要精力用于研究儒学。他认定宇宙间有一定不变之"理"，从"理"与"气"的关系上探讨关于天地万物的哲学意义。他向程颢的再传弟子李侗学习和探讨程学，形成了与汉唐经学不同的儒学体系，完成了儒学的复兴，成为孔子、孟子之后中国最伟大的思想家，是新儒学（又称理学、道学）的集大成者。他的道德学问受到后世的敬仰，思想学说长期流传，渗透于社会的各个角落。他重视儒学的普及化、通俗化，他编著《四书集注》，用理学思想重新解释《论语》《孟子》《大学》《中庸》，使理学透过四书而深入人心。

但是，这样一位道德学问令人敬仰的大师，当权派出于政治考虑，把他的学说诬蔑为"伪学"，给予严厉的打压、禁锢。庆元二年（1196）十二月，朱熹被"削秘阁修撰，继落职罢祠"。他回到了福建老家，并在庆元三年（1197）来到了长溪。

《福鼎县志·流寓》载："朱熹，字元晦，绍兴十八年进士。庆元间，以禁伪学避地长溪，主杨楫家，讲学石湖观，从游者甚众。"

这是天意的安排。

闽东山水偏于东南沿海一隅，相对闭塞，为朱熹躲避祸害提供了相对安全的地点；同时，朱熹选择长溪而不是别的地方，还有另外一个重要的原因，那就是长溪有他的学生和朋友。

这位朱熹的学生兼朋友就是杨楫。杨楫，字通老，号悦堂，南宋淳熙五年（1178）进士，绍熙五年（1194）朱熹在建阳考亭书院讲学时，杨楫负笈从游。与当时的杨方、杨简同为朱门高足，时号"三杨"。此"三杨"绝非浪得虚名，都是南宋颇有成就的理学家，其中杨简发展了陆九渊的"心学"，创立了慈湖学派，在中国儒学发展史上占有重要位置，《宋史》有传。杨楫跟随朱熹的时间较长，在理学方面造诣颇高。陆九渊有《送杨通老》，黄干有《复江西漕杨通老楫》。宋人还根据杨楫的事迹绘制《杨通老移居图》，由林希逸题诗，刘克庄题跋。当代国学大师钱锺书在《陈病树丈属题居无庐图》中也提到了这个典故。可见，杨楫在哲学史上具有一定的影响。

《福鼎县志·学校》："石湖书院，朱子讲学处，今为杨楫祠。杨塽记：'公尝从朱文公游。文公寄迹长溪，公履赤岸迎至家，乃度其居之东，立书院。'"我们不难推测，作为朱熹昔日学生的杨楫，老师避难到了自己的县境，他的心里是多么百味杂陈，但师徒的心是相通的，对杨楫来说，这不失为一次绝好的机会，他必须让老师的学说在生养他的土地上进一步发扬光大；而对一生矢志于理学传播的朱熹来说，能有一个场所供他讲学，也是再好不过的事。

于是，庆元三年，太姥山下的潋村旁就有了一座史上留名的书院——石湖书院。

在石湖书院讲学后不久，朱熹准备到温州访问永嘉学派的朋友陈傅良等人，取道桐山，到高国楹家做客，并在龟峰一览轩做了一次讲学。《福鼎县志·古迹》载："一览轩，在县治北五里，宋朱文公讲学处。邑人杨通老、高国楹从之游。"

天意的安排，还不止于此。

"伪学"冤案在朱熹死后九年的嘉定二年（1209）得以昭雪，朝廷为朱熹恢复名誉，追赠中大夫、宝谟阁学士。宝庆三年（1227），宋理宗发布诏书，鉴于朱熹的《四书集注》"有补治道"，提倡学习《四书集注》。此后，朱熹理学作为官方学说，成为声誉隆盛的显学，流传数百年而不衰。

正因为朱熹理学在此后中国的思想界所占据的重要位置，朱熹来福鼎的这段日子，在福鼎人文教育史和理学思想史上才有可能熠熠生辉。所以，清版《福鼎县志》编撰者在《风俗》《学校》《理学》诸篇的开篇语中均底气十足地说："福鼎自朱子流寓讲学，代有名儒。""福鼎为朱子教化之地，海滨邹鲁，流风未替。""宁郡夙号海滨邹鲁，鼎为属邑，自高杨诸君子游紫阳之门（朱熹别称'紫阳'，晚年创立紫阳书院于建阳，作者按），深得其邃，大阐宗风，名儒辈出，后先辉映。"

福鼎进士的朝代分布亦可佐证"朱子教化"的巨大影响。刊刻于清嘉庆十一年（1806）的《福鼎县志》载，福鼎进士有四十四名，其中唐、元、清代各只有一名，而宋代有四十一名之多。而这其中，北宋三名，南宋则有三十八名；在南宋的三十八名进士中，杨楫之后就占了二十九名。虽然，由于宋朝进士的录取名额较唐代大为增加，宋时的进士"含金量"不如唐代，而且南宋都城迁到浙江杭州以后，为闽东读书人应试提供了方便；但在杨楫中进士之后的南宋百年间就出了二十九名进士，在福鼎这块弹丸之地，用"雨后春笋"来形容也不为过，我们不能不承认这与"朱子教化"有很紧密的关系。郁达夫先生在散文《记闽中的风雅》中也肯定了朱子教化对福建文化兴盛的巨大推动作用，他说，由于朱子在福建的讲学，"因而理学中的闽派，历元明清三代而不衰。前清一代，闽中科甲之盛，敌得过江苏，远超出浙江"。

来处

此殊为不易，而绝非偶然！

三

手捧三卷《太姥山志》，相比谢肇淛，真应该为自己长居名山之下而无半纸名山之文感到汗颜。

谢肇淛出生时，父亲谢汝韶恰在浙江钱塘县学教谕任上，名与字皆志所出。明万历二十年（1592）进士，历任湖州、东昌推官，南京刑部、兵部主事，工部郎中，云南参政，广西按察使等职，卒于广西左布政使任上。一生为官，黾勉政事，治绩颇显，而俗务之暇，好游山水，又勤于著述；其诗清朗圆润，深于性情，韵律极细，为当时闽派诗人代表。除《小草斋诗文集》数十卷外，尚有《滇略》《北河纪》《五杂俎》《文海披沙》《尘余》《鼓山志》等博物学、水利学、方志著作近二十种。上文提到的《太姥山志》就是其中之一。

谢肇淛一生热衷于游历四方名山，足迹遍及大江南北名山胜水，所到之处均留有登临怀古、状景抒情的文字，同时，还锐意搜罗与之相关的文献资料。也许正因为谢公有如此雅好和用心，所以当时的福宁知州胡尔慥，因"一再登是山……归而读是山旧志，寥落不称，为之慨叹"，于是心中谋划，欲邀约"才高八斗，癖嗜五岳"的"余师谢司马"能够"辱而临之"。他设想："今太姥既擅神皋，而复得司马为之阐绎，是当不朽矣。"

也许胡尔恺的邀约正是谢肇淛所乐为之事，明万历三十七年（1609）正月的最后一天，谢肇淛抵达长溪。但苦于淫雨连旬，一直到二月十五日，稍霁，出城（指福宁州城，即今霞浦县城）欲游太姥，可又雨作，踉跄而归。十九日终于转晴，他带着好友宁德崔世召和莆田周乔卿，过台州岭、湖坪，当晚宿杨家溪；翌日度钱王岭，到三佛塔，郡幕张宪周追至，四人结伴而行，上头陀岭，到玉湖庵，下午游了国兴寺遗址后，折回玉湖庵过夜；二十一日，他们先后游览了一片瓦、观音洞、坠星洞、小岩洞、石天门、滴水洞、一线天、龙井、摩霄庵、摩尼宫、石船，夜宿梦堂；上山第三天，他们过望仙桥，访天源庵、圆潭庵，达白箬庵，到罗汉洞，至金峰庵、叠石庵，傍晚取道蒋洋回霞浦。

考谢肇淛等人游山路径及时间，三天两夜，在山僧如庆的陪同指引下，几乎游遍太姥的重要景点，可谓一次深入而细致的考察，真正意义上的"用心"之旅。叹今人之游太姥，一两个小时走马观花，如何细细领略太姥"苞奇孕怪"之精妙！

游览之中，谢公不禁为太姥"岩壑之胜甲天下"所叹服，高度评价太姥山的奇美风光："吾闽山川之奇，指不胜偻。武夷、九鲤以孔道著；越王、九仙、石鼓以会城著；独太姥苞奇孕怪，冠于数者。"没有辜负胡知州的期盼，谢公果然在感叹太姥胜景"所闻之非夸"的同时，为其"鹤岭碍云，鸾渡稽天，即有胜情，徒付梦想"而惋惜，针对太姥山"考之古今记载，何廖廖也"的状况，"乃为掇拾传秉，而益以所睹记，裒为志略"，编撰了三卷

《太姥山志》，交由知州胡尔慥镌刻出版。

《太姥山志》上卷为景点、名胜的介绍；中卷为有关太姥山的记游文章和序、启、碑文等；下卷为诗。《太姥山志》的编修，始于万历二十三年（1959）州守史起钦编成的《太姥图志》一卷，由于该书缺略不称，因此，谢肇淛的《太姥山志》三卷，便成为较早的对太姥胜景进行全面阐绎的志书。诚如他的好友崔世召赞叹的那样："先生摇笔亦太横矣！……兹志传千载而下，风华映人，当与太姥争奇矣！"

令人惊叹和佩服的是，谢肇淛流连太姥山三天两夜里，熟记太姥景点及其主要特征，除给我们奉献了一部沉甸甸的《太姥山志》外，还为我们留下了一篇游记、一篇碑记和二十一首诗，这些作品集中而全面地表现了谢肇淛游太姥山的经历和感受。

关于谢肇淛《游太姥山记》一文所记载的游山时间和路径，上文已经述及，除此之外，文中对太姥风光的描写不乏精彩之笔，尤其值得称道的是，谢肇淛在游山的过程中所表达的观点。如太姥山的岩石肖人肖物，历来为游人津津乐道，但谢公不以为然，他说："石门、石象、九鲤、锯板诸形象一览而尽，然大率就其形似强名之耳。山之奇胜固不在此，是未易为俗人言也。"我想四百年前谢公就在教我们怎样当导游，那些岩石的象形不必多说，我们要多向游客传播更深层次的文化。而对于传说故事，他也以为无可无不可。他们到了太姥墓，他说："僧流以为肉身坐化，乃卒不知太姥何人？墓何代？尧耶，汉耶？未可知也。"

太姥本来为传说中人,而其居然有墓,所以他对僧流们的"认真"表示出可不必拘泥的客观态度。到了太姥摩霄峰,凭高四望,山僧指示说,这是浙之温台,这是广之惠潮,这是闽安五虎;谢肇淛却认为这是"以地度之,想当然",他说:"吾闽谓鼓山可望琉球,蜀人谓峨眉可见匡庐,论者哄哄不已。要以达人之观,须弥、芥子皆在目中,是耶,非耶?何足深辩!"意思是说,在达人看来,须弥那样的大山,芥子那样的细物,皆在眼中,是灵活变通的,不必纠结于到底是还是不是。此观点体现出谢肇淛的辩证思维。而当"夜宿梦堂"时,友人"各默有所祷。余笑谓:'尘梦到此,当应尽醒,奈何复求梦?'"更体现出一种睿智、强健的个性精神和自信、洒脱的人生态度。

也许正是此次与山僧如庆的共同游历,二人结下了友谊,应如庆之请,不久之后,谢公又撰写了《岩洞庵置香灯田碑记》,记述了因岩洞庵"栖泊之艰",向知州胡尔慥请求"派田若干亩存庵饭僧,以供游客"一事。碑文说,"吾闽之有寺,鲜无田能悠久",太姥山"肇基最古",但离城镇较远,无田可以饭僧,僧日贫,而游人也日少,因而极力建议为岩洞庵派田。胡尔慥划拨田亩,"已给券付僧掌管",于是,谢公为岩洞庵撰此碑文,寄以岩洞庵乃至太姥山"福田播种,处处萌芽,金粟生香,在在敷实"的殷切期盼和良好祝愿。

此外,谢肇淛的二十一首太姥山诗均被收入《太姥山志》,或描摹太姥胜景,或寄寓山水情怀,或表现僧禅意趣,或流露苍凉古意，风格上呈现出自然随意、不落痕迹、清雅脱俗的特色，读来清新怡目，情韵悠然。

不只太姥山，谢肇淛似乎对整个闽东都倾注了他的热情和才华，万历三十七年（1609）初春的长溪之游，历时两个多月，除《太姥山志》，他还奉献了《支提山志》四卷和《长溪琐语》二卷，为闽东不可多得的地方史志和文史杂记，诚可谓"藏诸名山"之作。

太姥山间，那些大师们的身影渐渐远去，淡入历史的烟尘，但福鼎这块土地，因此便有了丝丝缕缕的清气和书香，弥漫在我们的周围，温暖着走向未来的日子。

原载《福建文学》2015 年第 10 期

明末太姥之约

明万历三十七年（1609）二月十九日，雨后初晴，谢肇淛应福宁知州胡尔慥的邀约，偕同好友崔世召和周乔卿，从福宁州城（今霞浦县城）出发，前去游览名山太姥。在接下来的三天里，他们流连于太姥山间，为"岩壑之胜甲天下"的太姥胜景所叹服。没有辜负胡知州的期盼，谢公果然针对太姥山"考之古今记载，何廖廖也"的状况，"乃为掇拾传秉，而益以所睹记，哀为志略"，编撰了三卷《太姥山志》，交由胡尔慥镌刻出版。此外，他还为世人留下了关于太姥山的一篇游记、一篇碑记和二十一首诗，这些作品集中全面地表现了谢肇淛游太姥山的经历和感受，成为太姥山记游诗文里的代表作。

太姥山位于福建省东北部，今福鼎市境内，屹立于东海之滨，素以"山海大观"闻名。这座海内名山，东南胜境，从汉代起就与武夷并称"闽山双绝"，其峰峦挺秀，林壑幽深，自然风光壮美秀丽，而且人文底蕴醇厚绵长，为诗文创作提供了源源不断的素材。"登山则情满于山，观海则意溢于海"，自古以来，文人墨客面对山光水色的自然美景和撩人情思的人文遗迹，总是难以做到心静如水无动于衷。文人们登高览胜，流连光景，得山川之助，赞美山水而寄情于山水，凭吊名胜而托意于名胜，留下了大量的诗文作品。笔者与周瑞光先生合作，于2015年由厦门大学出版社出版《太姥诗文集》，收入从唐代到现代的太姥山诗词三百二十八首，游记、杂著、辞赋等五十五篇，这些只是冰山一角，还有大量状写太姥山的诗文未被收入。这些诗文有助于我们了解太姥山区的古人生活和心迹，促使我们对山川与人文的关系有更深入的体悟。山川与人的关系，诚如谢肇淛的好友崔世召所言：

> 复人重山川，山川亦重人。太姥自秦代历汉，醮祠斋宫，迄今阅人已多百千春秋。游踪胜事俱陆沉于暮烟春草间，不可复记。即山下主人岂无操如椽者？而竟留以待先生，景物遇合信有时哉！

谢肇淛是中国晚明时代福建文坛乃至全国的一位重要作家，其著述甚富，有《小草斋集》《小草斋文集》《小草斋诗话》，此外还有笔记体杂著《五杂俎》《文海披沙》等。其一生热衷于游历四方名山，足迹遍及大江南北无数名山胜水，所到之处均留有登临怀古、状景抒情的文字，同时，还锐意搜罗与之相关的文献资料，所以，除以上文集，他还有《西吴支乘》《北河纪》《滇略》《风土记》《鼓山志》《支提山志》以及《太姥山志》等，真可谓博学多才、著作等身，难怪福宁知州胡尔慥说他"才高八斗，癖嗜五岳"，一意邀请他太姥一游，并料他游完太姥之后，必定还有文字流传：

今太姥既擅神皋，而复得司马为之阐绎，是当不朽矣。

文学反映时代的特征，谢肇淛癖嗜五岳吟诵山川，其实是他无奈而必然的选择。明代嘉靖、万历时期，经济发展，市场繁荣，社会风尚也随之明显改变，传统的价值观念和伦理道德也在发生深刻的变化，人的自我价值得到体认，内在的自然主义和追求自由的精神渐成风气。而且，进入明代晚期，政治日渐黑暗，各种社会危机不断涌现，剧烈的政治和社会转型使文人士大夫难以适应。他们改变社会的理想在残酷的现实面前难以实现，于是，把目光转向山川田园，隐逸参禅、寄情山水成为当时文人学士寻求自我解脱的自觉选择。他们当中许多人几乎是不错过任何一次游历山川的机会，谢肇淛就是其中典型的代表。他于万历二十年（1592）中进士，初入仕途没几年，就因作诗讽刺上司而获罪，一直到万历四十五年（1617）尚居郎属，中年阶段仕途坎坷，官场失意，好在任职各地均有诗友结交，酬唱赋诗、游山玩水成为他生活的主调。其间，谢父去世，谢肇淛回闽守孝三年。当时他正值不惑之年，仕途上不顺畅加之几年前自己子女的夭折，处于人生低谷。他于万历三十七年（1609）登太姥山，正是丁父忧的最后一年（此前，他任一个南京兵部职方司主事的闲职）。那一年，一些正直的大臣看不惯朝中的乱象而辞职。

谢肇淛这次游览太姥山，同行有崔世召、周乔卿等人。周乔卿，兴化（今莆田市）人，文雅能诗，与谢肇淛友善，万历三十七年（1609）二月与谢肇淛的太姥山之游，为我们留下了《游太姥道中作》《大龙井》《玉湖庵》《大竹园》《白箬庵》等诗作。崔世召，宁德一都东井（今蕉城城区）人，这次游山，他写有《一线天》《大岩洞》《小岩洞》《国兴寺》《玉湖庵》《午所庵》《龙井》《由坠星洞入竹园》等诗作。除此之外，同一时代的徐熥、林祖恕、陈仲溱、陈五昌、张叔弢、邓原岳、周之夔等闽中文人也写下了数量不少的太姥山诗文。

我们发现，围绕着太姥山和谢肇淛，有一个当时活跃于东南文坛的文人网络。"这些闽地知识分子将其自身的遭遇放置在太姥山，通过一次次游历展现出他们对山之命运与己身命运的共鸣，明人谢肇淛便是一个例证。"收入《太姥诗文集》里的还有多首《送谢在杭游太姥山》这样的同题诗，作者有上文提到的崔世召、陈仲溱、徐熥等人，同时还有谢肇淛自己的《送林叔度游太姥》这样酬唱意味的诗作，可见他们围绕着名山太姥有许多共同的诗兴，起码他们把有机会游历太姥山看作一件值得抒写胸臆的事件，由此可见他们旨趣的一致。在明代晚期的福建诗坛中，谢肇淛与曹学佺、徐熥、徐𤊶、林弘衍等人关系密切，与前后七子、公安派、竟陵派的诗人也有微妙的关系。国势日衰，党争剧烈，社会失控，在共同的现实和困惑面前，他们不满足于一般性的诗酒唱和，于是通过结社来抱团取暖，借以抵消在现实面前的失意之感。诗人文士们成立各种文学社团，依托社团这个平台召集同调之士，利用诗酒、山水、禅佛等载体为共同的文学志趣和人生意趣酬唱交流。据学者的研究，谢肇淛参与的结社活动有金积园社、泊台社、石仓社、春社、葡萄社等。就在游览太姥山的前一年（1608），他还在闽中与徐熥等人创设红云社，入社者还有次年和他一起游玩太姥山的周乔卿以及陈仲溱、郑梦麟、马元化、陈伯孺、高景倩等人。"或百足不僵，共鸠一时之集。惮烦而愿去者，听；慕风而来参者，许。要以行乐及时，何用枉生眭睸；亦恐风景少杀，不无贻笑山林。"红云社取名于荔枝熟时累累如红云之意，但很显然，他们意不在于一味地啖食荔枝。

原载《福建文学》2017 年第 8 期

来处

太姥三人行

一

有人说，历史是一条大河，它荡涤了因，留下了果，更留下了让人迷醉的想象。诚然，读地方志，当获悉太姥山"鸿雪洞"和"云标"两块摩崖石刻为明末东林党人熊明遇所题刻，我的确陷入一种"迷醉的想象"。我更相信历史的真相永远比我们的想象来得丰富精彩，谁会想到，在闽东滨海一隅太姥山的两块石刻，能与明朝末年的那些事儿有关联。

熊明遇（1580—1650），字良孺，号坛石，豫章（今江西进贤）人。明万历二十九年（1601）进士。翌年秋，授浙江长兴知县，与东林人士顾宪成、高攀龙、丁元荐来往。万历四十三年（1615）底，补兵科给事中，时值浙党、楚党与齐党和东林党争。万历四十四年（1616），礼科给事中、齐党亓诗教等以他与东林党通，上书弹劾他，迁福建兵备佥事，治兵福宁道。熊明遇才得以与太姥山结缘。

熊因接近东林党人，与魏忠贤不合，故屡遭贬谪甚至流放，仕途颇多周折。但总的趋向还是逐步上升，后来身居高位。魏忠贤的《东林点将录》曰："镇守南京正将一员：地煞星混世魔王操江右佥都御史熊明遇。"可见熊还是东林党的重要成员。

万历四十四年（1616）迁福建，他并未马上上任，而是托病归乡两年。直到万历四十七年（1619）暮春，从南昌赴福宁，六月才正式到任。据相关记载，熊明遇于万历四十八年（1620）三月初登太姥山。当时，熊氏老家的"鸿雪馆"落成不久，熊明遇起名"鸿雪馆"，以汉代出使匈奴的苏武被放逐到北海冰天雪地牧羊，盼望飞鸿传递讯息，早日回朝廷，或是宋代苏轼之诗句"飞鸿踏雪泥"，来表明他被外放偏远之地，期盼早日归朝的心情。

这一次他在太姥上留下了"鸿雪洞"摩崖石刻。他来到"尧封太姥之墓"，见"墓侧一洞可见五丈旗，灵泉漱之，俗呼为龙井"，得知岩洞没有名称，当时他才命名"鸿雪馆"不久，对"鸿雪"这个名称印象深刻，于是题书"鸿雪洞"三个大字，并直书"福宁治兵使者熊明遇书"十个小字，镌刻于大岩壁正中。

熊明遇初上太姥山，内心所受震撼不小，完全为太姥山的瑰丽奇谲所折服，当月十五日，他即完成《登太姥山记》一文，收入当年出版的《绿雪楼集》，该文洋洋洒洒两千两百余字，以"余为之低徊不能去"来表达对太姥山的喜爱，他说：

云夫山之以洞石为奇固也，然枵入者不必具峰峦，具峰峦不必千仞上干，千仞上干不必执曲攒属，执曲攒属不必天海洪洞，此山兼之。余之意申矣！

他把太姥山比喻为"闺阁名姝"："靓妆刻饬，尝隔帘幕而闻环佩。"所以，他在文章末尾赞叹："余可谓天游矣！"把自己这次的太姥山之游说成"天游"，可见对太姥风光的评价之高。

五月，因熊明遇甚是喜爱太姥山，所以又上了一趟山，这一次他又为太姥山留下了"云标"摩崖石刻。

"云标"摩崖石刻所在的岩石，明末清初称为"雷轰石"，又称"云标石"。它是一块矗立巨石，下端有块大缺口。在它对面二百米的岩峰顶上有块颜色相同、形状看似与其缺口部分吻合的石块，被称为"飞来石"。在云标石缺口处，镌有"云标"二字摩崖石刻。王孙恭《太姥山续志》中有崔世召小传，记载崔世召"尝同谢在杭游太姥，镌云标二大字于雷轰石之上"。因为有了这个记载，后代就一直错误地认为"云标"摩崖石刻为崔世召和谢肇淛题书，民国卓剑舟在《太姥山全志》卷四《金石》中沿用王孙恭《太姥山续志》的说法："'云标'二字摩崖，在雷轰石上，明宁德崔徵仲同谢在杭游山，镌此二大字于其上。"只说"镌"，而并未说"题"，但到了现代，周绶先生在《太姥山摩崖石刻、碑记及楹联》一文中直接说成"云标，明崔徵仲、谢在杭题"了。

这块摩崖石刻离步道有段距离，而且位置高且险，人们只能站在隔开一段距离的远处遥望此石刻，远超过一般人的视力范围，所以不易看到。其实"云标"这两个竖排大字左右还各有一行小字，就更加难以被人注意。2012年5月12日，笔者陪同台湾清华大学徐光台教授上太姥山，在徐教授的指引下，笔者用数码相机的长镜头拍下整个摩崖石刻，放大后才得以看清这两行小字，右边一行是"明万历庚申五月"，左边则是"豫章坛石熊明遇题"。这就很明确地告诉我们，题名者就是当年派往福宁的治兵使者熊明遇，时间在万历四十八年五月。这个发现解开了从明万历末年至今三百九十余年来的一个谜。前些日子，对闽东地方文史颇有研究的宁川学人陈仕玲君告诉笔者："这方石刻是熊氏题写，崔、谢二人出资镌刻。熊为二人长辈，三人私交甚笃，熊曾为崔《问月楼集》作序。崔、谢同龄，且生辰仅差一日，正是这么一层关系，后人才会产生崔、谢同书的错误。"我赞同这个观点。

由此我们可以完全确定，熊明遇曾于万历四十八年三月与五月两登太姥山，分别题刻"鸿雪洞"与"云标"两块摩崖石刻。虽然它们不是直接出自熊明遇的书法真迹，却是经他笔墨遗迹镌刻后留下的产物。徐光台教授在文章中说："相对于他在武夷山留下一千八百字左右的摩崖石刻，太姥山有幸留存两块简明清晰的石刻。上述发现为福鼎的文史古迹与方志增添新资料。"

文人的流放和贬谪，却往往成为山川的幸运。我想到那一年去湖南郴州，看到苏仙岭白鹿洞大石壁上的"三绝碑"，心想如果没有秦少游当年的流放，就没有这样美轮美奂的艺术珍品。熊明遇当年外放福宁，太姥山倒成了受益者。

二

熊明遇万历四十八年五月的那次登山，其实是与方孔炤、方以智父子同行。

方以智（1611—1671），安徽桐城人，明代著名哲学家、科学家，崇祯十三年（1640）进士。弘光年间为马士英、阮大铖中伤，逃往广东以卖药自给。永历年间任左中允，遭诬劾。清兵入粤后，在梧州出家，法名弘智，在发奋著述的同时，秘密组织反清复明活动，清康熙十年（1671）三月，因"粤难"被捕；十月，于押解途中自沉于江西万安惶恐滩头，以身殉国。学术上主张中西合璧，儒、释、道三教归一。一生著述四百余万言，多有散佚，存世作品数十种，内容广博，文、史、哲、地理、医药、物理，无所不包。方以智有家学渊源，父亲方孔炤（1590—1655）为万历四十四年（1616）进士，易学家，官至右佥都御使，巡抚湖广。万历四十七年（1619）底，由四川嘉定知州转调福建福宁知州，当时熊明遇遭弹劾外调，于该年夏天刚刚到任福宁兵备佥事，负责福宁卫。由是两人分任福宁州军政长官，并建立了深厚的友谊。

方孔炤履任福宁知州期间，带着他的幼年孩子方以智。根据有关史料，这个聪明的孩子跟随父亲在福宁生活的那段时间，经常得以聆听父亲与熊明遇探讨一些学术问题，还能直接请益一些西学问题，获得了科学知识的启蒙，为以后成长为一位中国古代出色的科学家奠定了良好的基础。

徐光台教授对此做过专门研究，其学术论文《熊明遇与幼年方以智——从〈则草〉相关文献谈起》刊发于台湾《汉学研究》28卷第3期（2010年8月），论文在《前言》中说："在中国思想史与科学史上，明清之际的方以智有其特殊地位。时值耶稣会士来华传教，在西方自然知识的冲击下，熊明遇《格致草》和方以智《物理小识》为两本引人注意的物理作品。过去注意方以智《物理小识》多引用《格致草》，与他9岁在福宁向熊明遇请教西学有关，熊明遇与幼年方以智曾有段教导西学的经历，值得探究。"

此中提到两部书：《格致草》和《物理小识》。《格致草》初名《则草》，后来改名《格致草》，其书名显然来自宋明理学的"格物致知"，熊明遇根据西洋科学原理，辨析了自然界变化与历史上所载的灾异及风、云、雷、雨诸气象现象之间的关系，在当时是一本颇有影响的天文学、气象学通俗读物。徐文"从《则草》相关文献谈起"，其"相关文献"首先是方以智的《膝寓信笔》。崇祯七年（1634），安徽桐城民变，方孔炤留守，方以智随家人避居南京。后来他将流寓南京期间的文章辑成《膝寓信笔》。其中一段记载他读李子藻编的《天学初函》中的西学时，提到他幼时随父亲在福宁见熊明遇的往事："……《天学初函》，余读之，多所不解。幼随家君长溪（长溪为福宁旧称），见熊公《则草》谈此事。"《则草》于万历末年熊明遇在福宁州任职时收入《绿雪楼集》刊刻出版,当为幼年方以智的科学启蒙读物。

《物理小识》刊刻于康熙三年(1664),是方以智所著的一部百科全书式的学术著作。所谓"物理",概指世界上一切事物之理,与我们今天所说物理学之"物理"含义不同,这是一部全面记述万事万物道理的著作。从内容来看,它广泛涉及天文、地理、物理、化学、生物、医药、农学、工艺、哲学、艺术等诸多方面。此书有两段关于方氏父子与熊明遇在长溪接触的记载。一段是方以智在长溪持续地向熊明遇学习一些他日后承认喜欢熊明遇"精论"的说明:"万历己未,余在长溪,亲炙坛石先生(熊明遇号坛石),喜其精论。"

第二段关于太姥山花岗岩峰林洞群的空谷回音。福宁州治在今霞浦县城关,地处太姥山脚下,方氏父子与熊明遇不止一次游览太姥山,某次同游太姥山,又到了一处传声谷,"僧隔岭呼佛号,而应之声自仙岩中出,反洪于呼之声"(熊明遇《登太姥山记》)。方孔炤不解为何如此,且一呼会引起七声回应,向熊明遇请教。方以智《物理小识》卷一《声异》记曰:

> 太姥有空谷传声处,每呼一名,凡七声和之,老父以问坛石熊公。公曰:"峡石七曲也。人在雪洞,其声即有余响。若作夹墙,连开小牖,则一声亦有数声之应。层楼槛内门窗纸上,大小破隙,则风来做丝竹之音。若高山日暮,闻城市之喧声,以日气敛,而人静听也。"

此记载堪为太姥山文化和科学史料中的"空谷足音",不可多得,为后人考察太姥山的地质和地形留下宝贵的文字资料。20世纪末,中央电视台还曾据此记载欲来太姥山拍摄关于声音传播的科教片。

如今太姥山上被发现能够回声的景点有两处,一为天门寺往摩霄峰途中靠近摩霄峰处,为"七声应"。《物理小识》说明此处"每呼一名,凡七声和之",当是该"七声应"景点。还有一个景点叫作"回音廊",地处紫烟岑,游人朝对面的九鲤朝天石放声一呼,可听到脚下幽谷传来三声应答,所以也叫"三声应"。明人林道传以这样的诗句描写三声应:"我来千仞岩,上下何人屋?长啸天地宽,连声应空谷。""青天不可问,丹石何能言?下有万穹洞,玲珑声相吞。"

天地是如此宽广多情,山谷又是如此幽深神秘,一声长啸会让你顿生豪情,一句心语又让多情的幽谷收藏或者传递。太姥既是忠实的听众,又是难得的知音,她用声音记录了明代末年同是天涯沦落人的方孔炤和熊明遇流连的脚步,同时也激发了方以智这位17世纪中国杰出科学家在幼年时对科学探索浓厚的兴趣。

灵山秀水总能给人以艺术的灵感和科学的灵感。

原载《三都澳侨报》2014年2月27日,部分文字以《方以智父子与太姥山的因缘》为题刊于《福建文史》2017年第3期

来处

应与名山旧有缘

明代戏曲作家、文学家屠隆写有一首《太姥山歌》的七言古诗，副题为"为史使君赋"，中有"史君丰骨本神仙，五马专城出守年。天教太姥属封内，应与名山旧有缘"句，不免使人好奇，"史使君"何人？他和屠隆是什么关系？他们与太姥山又有何因缘？

"史使君"，姓史名起钦，字敬所，明州鄞县（今宁波市鄞州区）人。明万历十七年（1589）进士，十九年（1591）出任福宁知州，使君就是屠隆对他时任福宁知州的尊称。清乾隆版《福宁府志》"循吏"有传，称其年少敏达，一到任，州里刚刚发生过大规模火灾，满目疮痍，人心甫定。史起钦愿意做事也很会办事，上任后施以安抚政策，宽仁待民，兴衰起废，使百姓较快地渡过难关；任内还修葺了公署、学校，疏浚护城河，设置学田，建设文昌阁，办了好多实事好事。因此任满提拔到常州任职时，福宁州人民立碑纪念他。他还认识到地方史志对政治管理的重要作用，任上主持修撰了《福宁州志》十卷；他还有名山情节，又纂修了《太姥志》。

史起钦的《太姥志》是太姥山的第一本志书，可惜已经很难见到，民国卓剑舟《太姥山全志》卷之三"志目"说："史起钦《太姥志》一卷，未见。"《四库全书总目》："《太姥志》一卷，浙江巡抚采进本，明史起钦撰。起钦，字敬所，鄞县人，万历己丑进士，官福宁州知州。太姥山在福宁州境，传尧时有老母业采蓝，后得仙去，故以为名。中有钟离岩、一线天诸胜迹，起钦因创为此书，成于万历乙未。前列图，次列记、序及题咏之作。然山以岩壑、寺宇为主，法当分门编载。起钦但为总绘一图，悉不加分别诠次，非体例也。"

史起钦热爱并推崇太姥山，任内曾游览太姥山，并写下《太姥山》《太姥群山》《摩霄庵夜宿》《金峰庵》《太姥墓》等多首诗歌，估计还会通过各种手段和渠道宣传太姥山，回老家的时候，也向同好们津津乐道，正因为如此，才有了屠隆的《太姥山歌》。此诗与李白的《梦游天姥吟留别》有异曲同工之妙。写此诗时的屠隆并没有到过太姥山，但容易使人产生一个错觉，这首诗似乎是到过并且熟悉太姥山的人才能写得出，因为诗中不管是状写景点的次序方位，还是描摹峰石云雾和人文景观的特点，都极为精准传神，原因除了屠隆的高才妙笔，还有就是史起钦介绍的纤细入微，也许屠隆还极为认真细致地阅读了史起钦所编撰的《太姥志》。

似乎应该说说同是鄞县人的全天叙及其《赋得太姥山赠史州守》。全天叙，万历十四年（1586）进士，少詹事兼翰林院侍读学士，官至南京礼部侍郎，清代著名历史学家全祖望的六世祖。

全天叙也是因史起钦才写有《赋得太姥山赠史州守》一诗。诗歌前半部分发挥想象，赞美了太姥山的瑰丽奇景，最后两联为："今日搴帷远送君，回飚积雪叹离群。春来卧治无余事，太姥山头望白云。"说今年冬天朋友们送史起钦赴任，明年春天福宁州定会升平无事，史起钦就可以畅游域内的太姥名胜，坐看山头云起，也有闲情牵挂远在家乡的亲人和朋友。当然这是一个美好的祝愿，也是对史起钦能力的肯定和履新的鼓励。此诗写于史起钦即将赴任福宁知州之时，史、全二人均未到过太姥山，而全天叙以"赋得太姥山"为题写诗赠别，亦可见太姥山在当时宁波文人圈里的知名度。顺便可以一说的是，全天叙曾因母病辞官归家，徙居宁波著名的月湖，成立"林泉诗社"，邀集诗友举行"林泉雅会"。其间，屠隆也在自己月湖之滨的家中，设了一个别有情趣的诗社，还自办戏班，掏钱聘请名角演出。

屠隆（1543—1605），字长卿，一字纬真，号赤水、鸿苞居士，明州鄞县人，史起钦的老乡。万历五年（1577）进士，授颖上知县，次年调青浦县。十一年（1583），升吏部仪制司主事，不多久就被刑部主事俞里卿挟怨弹劾而罢官回乡。此后的屠隆遨游吴越间，一边寻山访道，说空谈玄，一边与声伎伶人为伍，卖文为生。著有诗文集《栖真馆集》《由拳集》《采真集》《南游集》《鸿苞集》等。屠隆是一个不折不扣的风流才子，有学者认为他是《金瓶梅》的原作者，博学，好游历，擅曲艺，能编剧，并自行登台演出。传奇戏曲《昙花记》《修文记》《彩毫记》都曾大行于世，叫座京城，其影响力和知名度曾一度超过汤显祖的《牡丹亭》。

汤、屠二人交好，曾同在礼部任职，屠隆当年被罢官时，已调任南京太常博士的汤显祖来信劝慰，又赠数首送行诗，其中有诗云："自古飞簪说俊游，一官难道减风流。"罢官就罢吧，没啥大不了的。屠、汤二人性情各异，汤严谨讷言，而屠才气外露，但二人均酷爱戏里人生，超然俗物，并看淡世间的功名，是那个悲情时代里两个叛逆而又优秀的灵魂。

因政治黑暗，时风变幻，明末的文人士大夫多喜游山玩水，且好结社集会，以题咏啸歌来抒发情志，涤荡心胸。谢肇淛的《秋日屠纬真、黄白仲、郑翰卿、震卿见过吴山署中，时屠、黄二君持斋》一诗所写恰是他们心迹的真实写照："芙蓉花尽雁初还，客里相逢暂解颜。满座词人皆楚调，一尊秋色对吴山。高谈只合长坚垒，佞佛何须学闭关。欲问沧洲结同社，白云深处弄潺湲。"晚年的屠隆游历福建武夷，再由一个叫阮自毕的福州府推官邀请至福州，住在城中名胜乌石山南麓的半岭园，与当地文士诗酒唱和。万历三十一年（1603），拜访福建著名诗人曹学佺，参与了当年阮自毕召集的乌石山中秋凌霄台神光寺的大型集会，并与曹学佺等人一起担任宴集的祭酒。

当地名士近百人到场，场面盛大，并有多台戏班串演剧目。屠隆兴致高昂，酒酣之际，着幅巾白袖，跳入场中，奋袖击鼓演了一出《渔阳掺》，赢得了满堂喝彩。屠隆先是泪流不止，又大喊："快哉，此夕千古矣！"在场来宾无不动容。屠隆在福州、漳州等地盘桓半年之久，1604年元宵之后，始由福州回宁波。我不知道屠隆这次回程是否取道连缀闽浙途经太姥山的这条东南沿海的古官道。如果经过了，不知这位多情的才子是否想起了多年前在同乡好友史起钦的邀约下写过一首激情澎湃的《太姥山歌》！

  1603年的福州诗社活动，谢肇淛也在场。谢肇淛（1567—1624），字在杭，号武林、小草斋主人，闽县（今长乐）人。万历二十年（1592）进士，官至广西左布政使。博学多才，能诗文，工书法，喜结社，好游历，每到一处山川，必吟诗作文，勤于著述，一生写了大量的笔记小品和博物学著作。谢肇淛小屠隆24岁，但两人惺惺相惜，声气相投，有共同的爱好。"吴山木落未落时，意气相逢两不疑"，谢肇淛的《小草斋集》收有多首怀念屠隆的诗歌，如《怀屠纬真》《感旧篇十首·屠仪部纬真》等，对屠隆的一生行状有精当的描述，并表达了真挚的怀念之情，可谓知音之言。

  无独有偶，万历三十七年（1609）二月，谢肇淛也是在时任福宁知州胡尔慥的邀约下游览了太姥山，游山之后，创作了关于太姥山的诗文共有二十三首（篇）之多，这位创作精力旺盛的闽中诗坛领袖，还以饱满的热情编撰了《太姥山志》三卷，为太姥山留下了一笔珍贵的文化遗产。

  名山和文人的情缘，真是一个余韵悠悠且令人感到温暖的话题。

原载《鄞州日报》2018年7月16日

太姥山：白茶山

自古名山出名茶。东南名山太姥，居海陆之间，百物丰藏，所产之茶，曾一度以"太姥茶""绿雪芽"而被外界熟知，如今，福鼎白茶声名鹊起，因源于太姥山，故又有"太姥白"的雅号。太姥山与茶，渊源深，意蕴厚，韵味长。本文就说说太姥山与"白茶"的渊源关系。

说起太姥山与白茶，人们最常引用的就是："永嘉县东三百里有白茶山。"这句原为《永嘉图经》里的话，因被《茶经》引存而广为人知。《永嘉图经》是大约成书于隋代的一本地方志。所谓"图经"，"图"为舆地之图，"经"为纪事文字，有图文并茂、互为印证的特点。因该书已经失佚，这句文字没有"图"的旁证，又因为永嘉县东三百里实为海，故"白茶山"便成为历史之谜。

于是便有了猜测，有学者认为，"东"应是"西"之误，疑是关于安吉白茶的记载；有人说，白茶山应该是乐清的雁荡山。陈椽教授在《茶业通史》中说：

来处

> 永嘉东三百里是海，是南三百里之误。南三百里是福建的福鼎，系白茶原产地。

近年来，陈椽教授的这个判断较为人们所接受。其实也不必去争论，可以只看事实，最"硬核"的事实就是，正如陈椽教授所说，福建福鼎是白茶的原产地；而福鼎境内的太姥山自古以来就是一座"白茶山"。

说"白茶山"，要先说"白茶"。它有两种含义，一是指由植物品种变异形成与茶树绿叶不同的白色芽梢制成的茶叶品种；二是指按特定制茶工艺加工的茶叶特产。茶界学者把第一种称为物种类白茶，第二种则为特产类白茶。第二种好理解，我们经常喝的福鼎白茶就是；但"永嘉县东三百里有白茶山"所指的"白茶"则可能复杂一些。因为，一般来说特产类白茶产生的时间比较迟。陈椽教授认为六大茶类的白茶是在19世纪50年代至60年代才开始创制。《茶及茶文化二十一讲》一书也指出，唐、宋时的所谓白茶，是指偶然发现的白叶茶树采摘制成的茶，这种白茶实为白叶茶，仍属蒸青绿茶。但也有论者指出，茶叶最早的加工方法是自然干燥，据此推定特产类白茶是中国最早的茶类，"古代采摘茶枝叶用晒干收藏的方法制成的产品，实际上就是原始的白茶"。有论者则根据成书于1554年的明朝田艺蘅《煮泉小品》中"芽茶以火作者为次，生晒者为上，亦更近自然，且断烟火气耳。……生晒茶，沦至瓯中，则旗枪舒畅，青翠鲜明，尤为可爱"的记载，认为福鼎白茶所属的特产类白茶发明制作于这一历史时期。陈橼教授《茶业通史》引用明代闻龙《茶笺》"田艺衡以生晒不炒不揉为佳，亦未之试耳"来肯定《煮泉小品》的记载与现在的白茶制法完全相同。

撇开当年太姥山人用"生晒""不炒不揉"的方法制作"原始白茶"的情况，本文只想说说太姥山与物种类白茶。我想简单地把物种类白茶的茶树称为"白茶树"。其实可以这样通俗地理解，"白茶山"就是一座生长着许许多多白茶树的山。

除了《永嘉图经》和《茶经》的记载，关于白茶，接下来就是宋徽宗赵佶所著的《大观茶论》，其文曰：

> 白茶自为一种，与常茶不同。其条敷阐，其叶莹薄。崖林之间偶然生出，盖非人力所可致。正焙之有者不过四五家，生者不过一二株，所造止于二三銙而已……

这长于崖林之间的自然就是白茶树，赵佶说的白茶是北苑贡茶，北苑位于现在的建瓯，可见北宋的福建已种植白茶树。陈橼教授在《茶业通史》中引完《大观茶论》这段话之后说："当时的白茶可能就是现今的大白茶种。"

依《大观茶论》"崖林之间偶然生出，盖非人力所可致"的描述，当时的白茶还不是人工种植，而是山中的野生茶。从野生茶到如今的大白茶种，其培育和发展经过漫长的过程。先从利用野生树种开始，再到人工栽培，中间经过自然驯化、种植和不断选育。福鼎拥有优质的大白茶良种，比如福鼎大白茶和福鼎大毫茶，被誉为"华茶1号"和"华茶2号"，福鼎大白茶于1965年和1973年两次被全国茶树品种研究会确定为全国推广良种，并列为全国区域试验的标准对照种，是名副其实的国家级茶树良种。

福鼎这么好的茶树良种，它从哪里发展而来？追根溯源，答案指向太姥山的野生茶树。

自1957年始，茶树育种专家郭元超等就对太姥山野生茶树进行跟踪考察，考察对象就是鸿雪洞顶众所周知的那株大白茶母树，据说现在制作福鼎白茶所采用的品种之一福鼎大白茶都是由此繁殖而来，这株名为"绿雪芽"的大白茶母树被称为"真正意义的白茶生产历史见证的'活化石'"。郭元超先生的考察报告指出，太姥山野生茶的叶形，锯齿与叶尖等并不十分典型，其果实、种子却很特别，在茶树分类上具有独立的特异性，这是很有价值的，需要进一步加以繁育与利用。我想，这一结论正应和了《大观茶论》中关于白茶"崖林之间偶然生出"的特点。《福建福鼎白茶文化系统》说这些野生茶树的嫩芽满披白毫，正是生产白茶的茶树良种。

无独有偶，陈椽教授的《茶业通史》记载了太姥山上的那株野生大茶树：

在我国东南茶区，福建的野生大茶树也分布很广，1957年和1958年，在闽南和闽西以及闽东北茶区陆续都有发现。如福鼎太姥山上的最大茶树，高达6米以上，主干基部直径18厘米，周围35厘米，树冠直径2.7米，分枝离地高达2.5米~3.4米，叶长17厘米，阔5厘米~6.6厘米，叶脉10对。

这株母树在1957年郭元超等考察时已经枯死，1984年他们再度考察太姥山时发现原地又长出一株，当地群众确认为原枯亡株重新萌发，时隔二十余年已生长高达3.3米。

郭元超认为，太姥山耸立东海之滨，约位于北纬27°10′，东经120°15′。山上岩峰林立，石洞遍布，山涧内日照少，漫射光多，同时风力极微，土壤属山地红壤或过渡性黄红壤。腐殖质层厚，气候温暖多雨，全年雨量充沛，湿度高，云雾多，气温年较差较小，无霜期长。这些都为野生茶树的生长创造了良好的环境条件。

《闽东茶叶历史文化》说："闽东茶区茶树品种资源丰富，为野生茶树原产地……境内已发现野生大茶树群落十多处，主要品种七个，选育和栽培有性系和无性系地方良种十多个。"该书把"太姥山大茶树"排在主要七个品种的第一个来进行介绍，可见其典型性和重要性。

民国卓剑舟先生《太姥山全志》载："太姥岩茶，邑中随处皆有。茶产山中者为上，曰太姥岩茶。"福鼎茶界认为卓剑舟所

来处

指的太姥岩茶有一些是俗称为福鼎菜茶的品种，它们在福鼎当地是一种比较古老的茶树，是制作特产类白茶的上好原料。茶界泰斗张天福在《福建茶史考》中说，白茶首先由福鼎创制，当时银针采自菜茶树上鲜叶（闽东北的原生茶树种）。茶叶专家张堂恒《中国制茶工艺》中记载，清嘉庆元年（1796），福鼎茶农用菜茶的芽头制白毫银针。

近些年，福鼎茶办的杨应杰先生不断对太姥山野茶树进行调查，他在太姥山一片瓦、白云寺、普明寺、天门寺、青龙洞、龙虎洞、蝙蝠洞、蛤蟆洞、梅花田、玉湖等周边均发现有年代久远的野生茶树群落。特别是青龙寺前的一株特别高大，呈乔木状，树高达5米，有五个分枝，树冠很大，长势良好，每年都会开花结果。青龙洞僧人说，它是福鼎菜茶品种，由鸟类或风力传播茶树的种子，遇到适宜环境萌发生根。

鸟类或风力传播野茶树的种子，使得太姥山成为一座名副其实的白茶山，杨应杰赞叹，太姥山就是一座野生白茶树的宝库。的确，在太姥山风景名胜区山岳景区二十多平方公里的区域内，只要游客有心，就会在或茂密或疏朗的植被当中相遇自在生长的野生茶树。

而太姥山野生茶树为福鼎茶农培育茶树优良品种提供了种质的保证。《太姥山全志》所载陈焕移植"绿雪芽"的传说堪为经典：

陈焕,湖林头村人,光绪间孝子,家贫。一日,诣太姥祈梦,姥示种绿雪芽可自给。焕因将山中茶树移植,初年仅采四五斤,以茶品奇,价与金埒,焕家卒小康。自是,种者日多。至民国元年,全县产量达十万斤矣。

现在人们把鸿雪洞旁的那株大白茶母树称为"绿雪芽",和大家耳熟能详的太姥娘娘与绿雪芽的传说有关,这个传说的本意是在太姥娘娘所生活的上古时代,太姥山就产茶,人们就开始用茶治病救人普惠百姓,传说反映人类与茶树之间的美好关系。考相关记载,"绿雪芽"之茶名在明末才出现,这是一个充满诗意的、可能是文人命名的茶名,太姥山在有"绿雪芽"的茶名之前,文人墨客但凡在诗文中写到在太姥山喝茶或喝到太姥山生产的茶叶,大多以"太姥茶"名之,而有了"绿雪芽"这个名称之后,它几乎成为"太姥茶"的代名,故明末清初周亮工才写诗夸赞:"太姥声高绿雪芽。"文人不关心茶种,只关心他们喝的茶,因此那时候的"绿雪芽"是太姥山茶中已经制作好的茶叶名称,而《太姥山全志》所载陈焕移植的"绿雪芽"却实实在在是一种茶叶树种。有资料显示,太姥山鸿雪洞旁的那株绿雪芽和陈焕移植的太姥山绿雪芽茶就是后来被唤作福鼎大白茶的茶树品种。《太姥山全志》的记载揭示了大白茶树种在清光绪年间开始从太姥山移植到太姥山周围的广大乡村,到了民国年间被普遍种植。同时,这个名字也反映了大白茶的茶芽因满披白毫而色白似雪的事实。

来处

据《福鼎县志》记载，点头翁溪村汪家洋自然村有一个农民林圣松，于清光绪六年（1880）在太姥山麓五蒲岭发现了福鼎大毫茶，移植后发现产量高品种优，后被大量推广种植。而据磻溪黄冈《周氏族谱》记载，清康熙十三年（1674），十五世祖周三虞出海经商，遭匪患，回乡途经太姥山，裁岩间茶枝带回，培育"白毛茶"茶苗，他发明了茶枝压条法，这种无性繁殖技术保证了白毛茶基因的纯正。周三虞被黄冈周氏奉为白毛茶茶祖，神位供在临水宫，每年正月初八"卜茶节"，周氏族人都会来此上香。1955年，福建省农业厅专文上报农业部，将福鼎定为大白茶（白毛茶）良种繁育基地县，黄冈被评为"全国茶叶生产明星村"，并于1959年成为在闽东召开的全国茶叶生产现场会的一个参观点。20世纪70年代，福建茶科所用福鼎白毛茶和政和大叶茶杂交培育成新一代品种——大毫茶。福鼎大毫茶芽头肥壮，挺直如针，遍披白毫，色白如银，是制作白毫银针的上好原料，如今已是福鼎境内的当家茶树品种。

种植的同时当然还进行精心的培育，这是一个充满创造性的艰辛过程。今天，六大茶类中的福鼎白茶有这么优秀的品质，令世人瞩目，让茶人倾心，首先应该得益于特定地域条件下培育出的茶树品种的优质，亦可谓"一方水土培育一方茶"。

峰岭层叠、怪石嵯峨、云雾缭绕的太姥山，的确是优质白茶树的故乡！

原载《台湾导报》2020年5月31日

绿雪芽：一株伟大植物的传奇

一

她来自太姥山巅的一阵风，或是飞鸟嘴上的一粒籽，抑或是女神指尖的一滴露。女神抬手一指，她便停在了那里，朝迎东海晨雾，暮浴太姥晚霞，于是生根、发芽，在榛莽草莱之中脱颖而出，亭亭玉立于峭壁之上。

这峭壁本也寂然无名，磊磊叠叠，峥嵘张扬而为峰，内敛收拢而成洞。有一石横出如瓦，为修行中的女神遮风挡雨，曰"一片瓦"。有几片斜立攒头，中空为洞，女神在此炼丹，有丹井洌水清波，可通东海；旁又有洞，大洞小洞洞洞相连而达山巅，曰"通天洞"。上可通天，下能达海，这峭壁吸日月精华，受造化垂爱，俨然神峰情石，孕育了这株伟大植物。

太姥为女神修行的道场，为神山，为仙山。诸多神仙修行为了快活和永生，而女神度己是为了度人，她把造福众生作为修行的目的，关切的目光注视山下众生，高道授予的九转丹砂之法只能确保她一人飞升，可众生如何祛病强体，如何摆脱贫困？传说女神与一株茶的关系建立于一位仙翁的指点，一个梦。但做梦的机理告诉我们，日有所思才夜有所梦，她为山下麻疹病孩而忧心如焚，一定经历各种煎迫和忧伤，经过无尽的试验和探寻，筚路蓝缕，苦心孤诣，终于有一天，如神农尝百草，日遇七十二毒，得荼（茶）而解之。

没有无缘无故的爱，故没有无缘无故的神灵，女神是太姥山地区的神农氏、茶之始祖，她种蓝染布，植茶疗疾，旨在普度众生。

神使她所居住的山洋溢着神性光辉，太姥女神造就了太姥神山，也造就了神山上的茶。一位伟大人物与一株伟大植物的关系就这样被锁定于祛病消灾这样一个人类生存的重大课题，这也是一个永不过时的话题。

二

寒来暑往，斗转星移。她日夜履行女神赋予的使命，作为一株神山上的茶，却甘于无声无闻，默默奉献，她甚至没有自己的名字，和太姥山上的其他茶树一起，只有一个大众化的称呼——"太姥茶"。

她一直在等待一个人的到来。

这个人从京城而来，他在朝廷中遭遇了一场变故。那时的朝廷，皇帝醉心于玩乐，市井无赖登上权力的高峰，黠官狡吏扬趾于朝堂之上，他卷入一场"党争"，而后被迫离开朝廷，外放偏远的福建福宁州。明王朝走在末路上，但年轻官员尚有良知和抱负，如何自我疗伤？在这个远离是非的海陬一隅，空气清新，民风淳朴，更有天赐名山一座在州城的近旁。

草木无邪，山水有寄。

那一天，他来到了女神修行之所，拜谒了太姥墓，发出了"谁向中原悲往事，五陵松柏几堪看"的心声。就在他仰天长叹之际，一回头，瞥见了崖壁上的那株茶树。

她已在那儿等了他千百年。

等待他电闪雷鸣的千年一瞥，等待他一瞥后流连不忍离去的目光，她分明感觉到了他目光中的投契、欣赏和爱抚。

只那么一瞥，她崖壁之上、岩缝之中的遒劲身姿马上击中了他心灵的柔软部位，他感觉这株茶树分明就是自己影子的投射，分明就是他自己。

他想留下来日日陪伴她，但毕竟身在官场，又不得不时时离去。

他对着她说："我爱此山难屡至，犹如雪上印飞鸿。"他决定在这儿新建一个馆阁，就叫"鸿雪馆"，他又为茶树近旁的山洞命名，并在洞前的石壁上题刻——"鸿雪洞"，连同他当下的身份名字——福宁治兵使者熊明遇。

"潦倒年华勤拜石,纵横意气漫衔杯。"太姥山安顿了他不安的灵魂,太姥茶安抚了他焦灼的心绪,消解了他心中的块垒。

他一杯接一杯,怎么也喝不够。

太姥茶成为他心中女神的化身,他给她起了一个世间最美丽的名字——绿雪芽。

三

"太姥声高绿雪芽。"

自此以后,文人墨客把她写进了诗里、文里、茶书里。"绿雪芽"的美名还随着游人茶客的足迹走遍大江南北。

峭壁之上、岩缝之中的她却是孤寂的。

孤寂源自自身的清高,她与太姥的清风雾岚为伍,与游客们艳羡的目光为伴,接受着造化的恩馈、太姥的恩泽以及山下众生的推崇,但这些都并非她的本意。

与女神的日夜厮守,她明白,一株伟大植物的使命不仅仅只是药用,也不仅仅只活跃在文人墨客的笔墨里、唇齿间;她应该离开女神,走下高崖,走出人们目光的殿堂,走到更广阔的山地田野,走进千家万户,走进众生的日常。

她要做一株平凡的平民茶。高处的伟大是一种伟大,但低处的伟大才是真正的伟大!

她又在等待一个人的到来。

这个人就住在山下,他的生活出现了一场变故,因为母亲眼疾,四处求医而致家贫。那个时代,总是容易发生许多变故,不是天灾,就是人祸,如果再有病灾,便雪上加霜。

贫病交加之际,他想到了一个人,不,一位神。

这一天,他终于姗姗而来,他向女神祈求,母亲的眼疾如何才能医治,一家如何才能渡过难关,人又如何才能活得强大,不轻易被小小的挫折打倒,而和他一样的乡民们又如何才能过上幸福小康的生活?

又是一个梦!一个伟大的神示!

女神在梦里告诉他——"种绿雪芽可自给!"

当年,女神的一个梦解救了山下病孩;这一次,孝子的一个梦使他自救然后再救更多的人。这位名叫陈焕的小伙子不仅孝顺,而且聪明,他完全领会女神的心意,第二天便把绿雪芽"移植"下山(实为扦插),自家试验栽种成功后向乡亲们推广种植。

"至民国元年,全县产量达十万斤矣!"

漫山遍野的绿雪芽,茶树叶片在太阳的光辉下闪着耀眼的光芒,细看,那些细如银丝的毫毛正是女神绵密的心思呢。

一株茶,贫苦无助的人心向神明皈依,获得了解救自身的密码。自助者神助,神其实就是他们自己——太姥山区的众生。

来处

四

时光在走。

茶的发展,悄然改变着太姥山地区传统的产业结构和经济行为,改变着人们的社会认知和生活方式。绿雪芽实现了走进千家万户的理想,但她想走得更远,太姥山地区之外,一定有一个更加辽阔的世界,她与这个辽阔的世界应当建立什么样的良好关系?而首先,她应该成为什么样的一种茶,才能与这个辽阔的世界建立可持续的良好关系!

绿雪芽走到了当代。她又在等待一个人,一个新时代的茶人。

他生在茶乡,为茶的使命而生,茶成为他的全部生活,他也已经确定了终身为茶的志愿。

茶有根,认识她的人需要一份寻根的情怀,一双慧眼。那一年,林有希以一笔巨资把已被别人抢注的"绿雪芽"商标揽回福鼎时,绿雪芽也完成了对自身的托付。

缘分的确定就在于要选对那个"对的人"。

那一年,他明确了自己要终身做好绿雪芽的使命。

向女神学习,与一株茶不离不弃。

他的企业确定了以"涵养大地,关爱生命"的发展理念,在太姥山建绿雪芽白茶庄园,设书院以传播太姥茶文化,无比珍惜并精心呵护绿雪芽。

他一定意识到了，拥有的同时，就是责任的开始；一定意识到了，绿雪芽的托付其实就是女神的托付，其实就是太姥山地区众生的托付，也是这个时代的托付。

　　因为，茶的身后是山，山的身后是神，神的身后是众生，以及众生的幸福。

　　作为品牌的绿雪芽，其实就是当今时代福鼎白茶振兴行动中的一个代表，一个文化符号，一个产业的缩影，一批茶人心血的浇铸。

　　作为茶树的绿雪芽，当年女神用她救众生于病痛时，已在她的身上打下了一个胎记，这个胎记已深深嵌入福鼎白茶的血脉里。

　　以绿雪芽为代表的福鼎白茶，就是以这个胎记，与这个辽阔的世界建立关系。这段关系里，需要也已经有更多的人为此付出努力，并从中获得回馈与恩泽。

　　这个胎记有时会随着茶香的氤氲幻化成两个字——大爱。

　　绿，是自然和健康；雪，是纯净与和谐；芽，是进取与希望。这夺人心魄的茶之魂，在太姥山地区，在神州大地上，乃至在世界的各个角落，将继续演奏一曲大爱之歌，一部不朽的传奇。

　　一株伟大植物的不朽传奇！

原载《台湾导报》2021年1月17日

来处

太姥品茶

清乾隆六年（1741）初冬的一天，傅维祖决心登一次太姥山。

傅为福鼎首任知县，浙江鄞县人，他少壮中举，在京城候选二十余年之后才获得到福建漳平县为官的机会，四年后（1739）被派到新建的福鼎县任知县。他虽然在等待中蹉跎了岁月，但并没有磨灭年轻时的理想抱负。在漳平经过了一定的历练之后，来到了福鼎——一个可以施展身手的更大的舞台。

他这次登山是在到任福鼎的第三个年头。按理说，他应该早些日子来游览自己辖域内的名山胜景，但刚刚设立的福鼎县就如一张白纸，百务创始，实在是抽不出时间做闲适一游。

这一天，他到太姥山脚下的秦屿视察城垣勘估情况，结束之后，长舒了一口气，抬头便看见了眼前峥嵘峭拔的太姥峰石，终于下定决心上山一趟；但他爬山不忘政务，还取道半山腰的太姥洋，顺带考察了"僧田之兴废"。

他一定爬山爬得口渴了，在某一处歇下脚来，喝一杯随从或者山中僧人递过来的太姥茶；或者像许多人一样，干脆坐下来，洗鼎烹泉，煮一壶太姥茶，慢慢地品尝这山中酽酽的醇香。

他手捧茶杯，凝眸四顾，视线所及尽是福鼎的山山水水。向北望，那里有他上任以来日理万机、苦心孤诣为之经营的新县县城。建县以来，他以朝廷拨给的两万两白银，逐步把旧桐山堡扩修为县城，建造粮库、学宫、县衙，使得县城初具规模。

他看到了县治桐山夹在东西两溪之间，回想起建县当年他初来乍到，东城就被洪水冲坍一隅，他亲自组织了修复工程。他想，这溪流湍急，每逢夏秋台风大雨，涨潮顶托，往往洪水暴发，冲决堤坝，危及民居田舍，终为一大祸患；这次下山之后，必须着手倡率绅民在城东临溪以沙石筑坝，以保城内百姓安全。

他看到了亲手创建起来的学宫，似乎听到了从那里传出来的琅琅读书声。他想，还得继续配置更多的学田以供养师生，筹措更多的资金以扩大学宫的规模，并且倡导在各乡都兴办社学，让福鼎更多的学子得以就学，提高福鼎的文化和教育水平。

当然，他手捧茶杯，还看到了漫山遍野郁郁葱葱的茶园。在福鼎两年，他已经谙熟了那句"家有茶和桐（指油桐，清代福鼎除茶叶外的第二大经济作物，县治桐城因之而名），日子蛮好康"的民谚，熟知茶叶对每家每户福鼎百姓的重要性；而福鼎大地家喻户晓的太姥女神以霓裳裙袂捧土，种茶鸿雪洞顶，普济山下生灵，医救百姓病痛危急的传说，他更是耳熟能详。为官一任，造福一方。作为首任知县，他必须承担起历史赋予的责任，继承发扬太姥女神的一切善和美，培育壮大太姥女神亲手扶持起来的茶业，恩泽福鼎人民……

想到这些，他便收回了目光，匆匆结束了这次游山，回到了县城，回到了平日的忙碌当中。直到乾隆八年（1743），他因过度劳累，"筋衰力疲，循例乞休"，回了鄞县老家，退出了福鼎的历史舞台。但他的功绩和影响永久地留在了福鼎的青山绿水间，《福鼎县乡土志》评价他："平日留心民瘼，决狱尤明慎平允。"为他的后任们树立了榜样，为福鼎日后的发展奠定了良好的基础。

此后的福鼎，轻刑政，重文教，兴农桑，办商务，一步一个脚印得以逐步发展。其中的茶产业到了清代中后期得以快速发展，就以出口茶叶一项，据《福鼎县乡土志》记载，白茶每年两千多箱，俱由船运福州销售。福鼎白茶成为当时中国最重要的出口商品之一，为此，清政府还在福鼎沙埕港设立白茶出口厘金局，专门负责福鼎白茶出口的管理与税收。

生活在福鼎，我有很多机会上太姥山，常常经过鸿雪洞。鸿雪洞是一个天然石洞，洞里有一个丹井，井水清冽甘甜，用丹井水泡太姥野生白茶，凡爱茶的游客均不肯错过。上山后，我常到洞里泡福鼎白茶。一片片茶叶在杯中翩跹起舞，继而舒展，又慢慢安静了下来。这时，缕缕清香，从杯中袅袅升起。看着这杯中茶叶，洋溢着蓬勃的生机，充盈着生命的张力，闪烁着激情的光芒，又散发着大地的芬芳；再抬头看看那一株亭亭玉立于鸿雪洞顶、被尊为福鼎白茶始祖的"绿雪芽"母树，就不由得想起太姥娘娘的传说，眼前晃动着傅维祖们的身影。

我常想：这山中一壶茶，有些人品的是快意；而傅维祖们，品的却是民生。而民生，才是最大的茶道。

原载《安徽文学》2010年第12期

来处

当我们读太姥石刻，我们读什么

太姥山位居东南海澨，作为区域女神之山，太姥信仰由来已久。但我们发现，这位上古女神太姥，后来有一个被不断塑造的过程。到了东汉，王烈的《蟠桃记》把这位"尧时老母"演绎为被道士度化而成的仙人，并说汉武帝命东方朔授天下名山，改"母"为"姥"。这个记载告诉我们，西汉时期，中央皇权已经渗透到了太姥山地区，而在东汉，道教开始在太姥山得以发展，太姥文化已被纳入中原文化体系。《太姥山全志·金石》有载："'天下第一名山'六大字摩崖，东方朔题，镌于摩霄庵右石壁上，字模糊不可辨。"（现在摩霄庵旁确有一方摩崖，但文字是"天下第一山"五字，并且清晰可辨。1616年《福宁州志》中有"天下第一山"五字题刻的记载，如果此记载属实，说明在《州志》成书以前，就有"天下第一山"五字石刻。）虽然东方朔刻石的真实性值得怀疑，但这个石刻表明了人们为太姥文化寻求正统性和合法性的成功。

这种寻求并未就此停止。到了唐代，随着太姥山佛教的发展，人们又把太姥纳入了佛教神灵系统。《太姥山全志·金石》

记载:"太姥墓碑:镌曰'尧封太姥舍利宝塔'。明林祖恕记云'唐元宗赐祭题额',疑即此。"这八字石刻,让传说中已经飞升的太姥有了可以安葬的"舍利";"尧时"老母在这里变身为"尧封"太姥,虽一字之差,却显著提高了太姥的地位。传言唐玄宗赐祭题额,进一步表明中央皇权对太姥文化的承认、接纳和吸收。清顾祖禹《读史方舆纪要》亦有载:"大姥山,在福宁州东北百里,高十余里,周四十里,旧名才山……唐开元中,特图其形,敕有司春秋致祭。"

水湖瑞草堂石刻的存在表明,太姥山到了宋末元初还有道教的持续发展。这是太姥山上唯一一方元代石刻,刻于元至元二十七年,即公元1290年,是道士杨涅生前自作的"墓志"。石刻详细记述了杨涅的生平,重点介绍他学道和建造石湖道宇的过程。其中,杨涅买田与太姥山僧晦翁交换石刻所在这片小丘的记述,既表明了那时太姥山释、道并存的情况,也透露了太姥山僧徒们不仅拥有如国兴寺那样恢宏的庙宇,还拥有数量不少的山地田产。

史料中记载始建于唐代的国兴寺,遗址经过两次的考古发掘,只发现宋代的遗物。大量精美绝伦的建筑构件横卧在遗址之上,收获游客的连连惊叹。每次瞻仰,我都不禁要想,这座被明代文人赞叹为"大可拟建章,丽可比祈年"的山中佛寺,建寺者何许人?他是如何获得中央和地方财政的支持而建起如此庞大的庙宇?僧人们与朝廷,与地方政权,与地方大族,以及与广大信众如何建立良好的关系,以维持寺院香火的旺盛不衰?所有这些有趣的疑问,或许可以从那些建筑构件上简约的铭文获得答案。

说到寺僧与地方社会的关系，我们还可以从白云寺后石壁上的"闽藩少方伯黄公赐碑"和"游学海题刻"的碑文中读出寺僧们为了寺院的生存而求助于当地政府，和地方绅士为了维护太姥寺院、僧人的权益而做出的努力。

岩石有心无口，但"石不言语最可人"，它们在等待知音，等待解读它们的人。

太姥奇石的前身，是地底下汹涌的岩浆，是大地磅礴的心事。即便有一天，它们冷却为僵硬的花岗岩，也没有停止内心的悸动。经过亿万年的不断挣扎，终于有一天，挣脱出地面，山崩地裂，粉身碎骨之后，又经亿万年的风霜雪雨，成就了如今千奇百怪的面貌。这些千奇百怪的岩石，向人们传递雄浑的、劲健的、庄严的、祥和的、清奇的、淘气的乃至乖戾的气息。面对太姥岩石，人们或低眉沉默，或仰头啸咏，甚或手舞足蹈，他们读出了人世的悲欢，也读出了己心的悲喜。

我想即便是空门中人，面对太姥奇石，也没办法做到淡然处之，一片瓦寺旁崖壁上的"玄琢奇崖"石刻该是明代高僧碧山上人对太姥奇石抑制不住的由衷赞叹。

僧人们尚且如此，善于表达的文人墨客就更加无所顾忌，他们吟诗、作赋、撰文，以特有方式记录自身与太姥山的互动，有条件的还把作品刻在太姥山的岩石上。纵观太姥石刻，我们可以发现，社会精英在太姥刻石于明朝中后期迎来了一个高峰。原因是商品经济的发展、人口流动的增多，为人们的出行带来了便利，太姥山也得到了进一步的开发；士大夫阶层在文化上已经趋于成熟，培养出一套符合自身趣味的审美观和价值观；同时礼教禁防松懈，个人自由意志得以充分彰显，一部分士大夫不满于日渐昏暗的政治生态而寄情山水，游逸嬉玩成为时代征候。他们登临太姥名山，揽风观景，吟诗作赋，勒诸石壁，正可契合他们的"风雅"趣味。

上文提及的碧山和尚，"能诗，与张叔弢友善，叔弢尝目为诗僧"。张叔弢的好友林祖恕在《游太姥山记》中提到，他游太姥，就曾见白云寺旁的梦堂堂后石壁有榜曰"丹室"曰"璎珞"者，均为叔弢醉笔。张叔弢醉后于寺院题壁，真可见文人的"洒脱"和"任性"，可惜此"丹室"和"璎珞"现均已无存。

和张叔弢一样洒脱的还有沈儆炌。万历二十八年（1600），时任福建提学副使沈儆炌与福建按察司副使兼分巡福宁道马邦良以及福建北路参将张守贵同登太姥山，沈儆炌作《皇明万历庚子仲夏既望同兵宪马公（讳邦良，富春人）参戎张公（讳守贵，福州人）登太姥》一诗，并刻石于太姥山纱帽岩。诗曰："太姥遥临海国宽，梯航日出望中看。夜深击筑摩霄顶，万里风吹月影寒。"上文说张叔弢在白云寺醉酒，这次沈儆炌一伙却是深夜在摩霄顶击筑（一种古代乐器），明代文人醉心山水，狂欢起来的时候，一般人难以企及，亦可见几分魏晋遗风。

陈五昌是另外一种"任性"，太姥山上的石刻他一人居然有四处之多。万历三十六年（1608）春天，翰林院检讨、福清人陈五昌回乡，当年秋天，偕文友陈仲溱同游太姥。这次游览，时间居然长达八天之久，对一处名山胜景的探究和迷恋，古人堪为今人示范。精英阶层除了寄情山水，获得感官和心灵的愉悦，似乎

来处

还有一种责任感，就是为名胜的传播做点什么，同时也为名山留下点什么。同一时期，闽中诗坛领袖谢肇淛来了一次太姥山，离开后编了一本《太姥山志》；上文提到的马邦良，不但修筑了望仙桥，还为太姥山画图，为太姥山做宣传，还想给那些没办法亲临太姥的人欣赏观看。他在《〈太姥山图〉序》中说："余得并游会境，绘图召锲，俾大雅之士知有太姥，觅路寻踪，而壤隔势阻者，一寓目焉，亦不失宗生之卧游尔。"这次陈五昌与陈仲溱的太姥之游，他们还为太姥山的景点命名，陈五昌的四处诗刻，也是这次游山的成果。陈仲溱在《游太姥山记》中记述了他们的这次作为："桥悬半空，倚岩箕踞，或举觞大酌，翩翩欲飞，遂名桥为御风桥。伯全（陈五昌，字伯全，笔者注）诗先成，命僧志其处，勒之石，因并示绝顶、岩洞诸镌处。"

我们不由得感叹，名山之所以为名山，千百年来，就是有像马邦良、陈五昌这样的有心人，为太姥山文化建设贡献自己的一点点力量，积沙成塔、集腋成裘，从而建构起了一座文化的山峰！

类似陈五昌和陈仲溱为"御风桥"命名，时任福建按察使司佥事兼福宁守巡道熊明遇也为"鸿雪洞"命名，并在洞外石壁上题刻。东坡诗曰："人生到处知何似，应似飞鸿踏雪泥。"熊明遇当年在朝廷意气风发，不承想被卷入党争，从兵部外放这偏僻的福宁州，他一定志不在此，"鸿雪"二字无疑透露了他欲远走高飞的心事。还有那方悬崖高处的"云标"石刻，怕也是他某种心思的流露吧！"我爱此山难屡至，犹如雪上印飞鸿。"熊明遇一定是要高飞的，但这不影响他对太姥山的热爱。当年不得意，太姥仙境正是他安顿身心的好地方。

篇幅所限，恕不一一列举。所幸的是，高健斌先生苦心孤诣、戛戛独造，前期翻山越岭、调查发掘，后期考索史料、深度解读，撰写了这本《太姥石刻》（笔者强为补缀现代至当代部分，实乃狗尾续貂），为我们读懂这一方方石刻提供了巨大的帮助。健斌兄诚为太姥石刻的知音、太姥文化的知己矣！

我想，太姥石刻堪为太姥文化的"活化石"。这每一方石刻，背后都站着一个人，都连接着一个地方社会，都承载着一段历史。刻石者当年如何来到太姥山？为什么来到太姥山？他们与太姥山有什么样值得关注的联系？他们为什么要在太姥山刻石？他们从哪里来？离开太姥山又到哪里去？……叮当作响的刻石声已经远去，凿下的石刻却为我们留下了一本本石质书册、一个个窥探历史深处有趣细节的窗口。

当我们读太姥石刻时，我们读什么？无疑，这每一方石刻，都承载着一段太姥山的记忆，它们保留、丰富和见证了太姥山乃至太姥山地区历史人文发展过程，赋予了太姥自然山水以生命和灵魂，蕴涵着深刻的历史文化和深邃的人文精神，成为太姥文化的重要组成部分。流连太姥山间，瞻仰这一方方石刻，我们仿佛在聆听太姥山沧海桑田的故事；通过这些石刻，我们得以与更多沉默的石头对话，与一整座大山对话，欣赏它身上的风流韵致，也读懂它背后的奥妙精微。

写于 2021 年 8 月上旬，为即将出版的《太姥石刻》一书前言

来处

太姥山观星记

那一天，我们相约上太姥山看星星。

上太姥山已不下百次，从没有想到要去山顶看一次星星。

平日里，自己和自己太近，以致越来越看不清自己，看不清灵魂的粗鄙程度；自己和俗世太近，生活越来越缺少诗意，也不知是否面目可憎。所以，当唐先生来电话，说一起去太姥山顶看一次星星，我心尖着实被挠了一下。是呀，日复一日，脚步匆匆，大约已经忘了头顶上还有星星，更不会想到要去专注地看一次星星。

看星星其实选择任何一个较高的山头都可以，只要避开喧嚣和嘈杂，避开丛林般的水泥高楼，避开永不熄灭的城市灯光，在一个有清风、有虫鸣，而没有那些被称为"五光十色的垃圾"的清寂山头，就可以。但我们还是选择太姥山，这与太姥山作为一座历史名山的身份有关。名山的魅力就在于，她内在的吸引力，人们愿意千百次地接近她，投入她的怀抱，与她久久地耳鬓厮磨。在太姥山顶看星星，心底有人文的光辉相映照，自然就多了一层情味。

我们从海拔五百多米处开始徒步爬山，准备入住山顶的白云寺。白云寺始建于唐代，相传最早为白云禅师炼丹处，故名。白云禅师云云，已属杳去之鹤，常来光顾的倒是那飘忽不定的白云。一路上，一缕缕、一波波，在我们身旁肆意飘飞，倏忽隐现，无可捉摸。于是就有点担心，晚上的天气是否适合看星空。但来都来了，担心已属多余，无非尽人事，听天命罢了。

到达目的地，天已黑了下来。先前的担心果然应验——并无晴空。苍穹是暗的，云雾似一张沉重的网罩覆盖在山的头顶，月亮和星星的亮光在浓厚的云层外面，没有力量穿破云层抵达我们的眼睛。太姥山自然风景素有"四绝"之称——峰险、石奇、洞幽、雾幻，前三者是静态的，而"雾幻"，则意味着随时变化。而恰恰就是因为它是变化的，我们才有机会等到云开雾散的时候。

于是就在借宿的僧寮前的院子里有一搭没一搭地闲聊。高处的山峰隐没于黑魆魆的夜空，那里是晚上观星的最佳位置，因为看不到星空，暂时也就没有登顶的必要了。峰下的寺院也安静于暗夜之中。黑暗是一个巨大的"空"，内无所有，但有极强大的吸附力，这座千年古寺的过往繁华，千年来无数朝觐者的明眸善睐，一代代住山僧人的悲欣和无悲欣，都被这个巨大的"空"吸附了。

来处

　　黑暗的确令人沮丧。难以想象，人类精神的夜晚如果没有星空，该是多么无趣；人类文明的天空如果没有星光闪烁，该是多么黯然。

　　黑暗设置了暂时的挫折，远处的星星却赋予我们希望。在一切美好来临之前，总要经历一段难挨的时光，只要希望还在，等待就变得有意义。

　　是的，不知不觉中，星星就出现了！

　　一粒极微弱的光，从宇宙的深处探向我们。并且，一会儿，又有一粒极微弱的光，出现在较远的一侧。或许星星也怕孤独，它们是互相招呼来的吧。我不由得想起天上的牛郎和织女，在聚少离多的时日里，他们如何面对命运的安排？我愿意认为这两粒就是他们，今晚的他们，看上去正散发着宁静又平和的光芒，多情而坚忍，勇敢却内敛。

　　即便只有两粒，已足够让我们欣喜，我们齐声赞叹，老天还是眷顾愿意等待的人。唐先生的外孙小龙猫和我的女儿田田就抢着轮流用望远镜寻找有没有更多的星星，果然一会儿，这一块被吹散云雾的天空里，伴随着我们的惊叫声，不断地冒出了越来越多的星星。观星达人蔡老师指着天空教我们认识星座和星座里的重点星星。

　　蔡老师是一位退休小学老师，今年76岁，肉眼观星是他坚持几十年的业余爱好，退休后还制作了"天球仪"和"月球仪"，用于观察四季星空，并做详细记录，汇成一本《目视观星实录》

赠送亲友。他认为，宇宙万物中最美的东西有三种：天上的星星、地上的鲜花和人间的爱情，都需要珍惜。他还告诉我们，天上的星星千千万万，每一颗都连着地球人的心……

随着蔡老师的介绍，我们渐入佳境，于是提议移步到摩霄峰上继续观看，就打着手电筒到达峰顶的平旷之处，仰头一看，却不见了星星，原先被风吹开的那一块天空在我们登顶的过程中已经被云雾合拢。

失望夹杂着希望，我们重新启动新一轮的等待，但这一次的等待以失败告终。在浓雾中等待了半个多小时，不但天空被深重的黑暗压迫，而且身旁还缠绕着浓重的云雾，伸手就能抓住一把。这种天气，彻底打消了我们继续等待的念头，于是下台阶回到僧寮住下。

依然是浓雾缠绕，浓雾中的白云寺一副宠辱不惊的模样。红尘万丈，人间悲喜，与它无关，它只与清风相伴，只看白云舒卷。它对我们观看二十分钟美丽星空的事儿并不关心，在它看来，这是一件极小的事情，而对于我们，或将成为各自生命旅程中一次意味深长的"事件"。

白天爬山时，蔡老师跟我们说，他前不久经历了一场车祸，逛过一趟鬼门关。那一天他上街时被汽车撞倒在地，当场不省人事，肇事车辆却逃逸了。他苏醒过来之后发现自己躺在马路上，也想不起经历了什么，于是就爬起来走回家，后来觉得头痛，去医院检查发现颅内出血，住院治疗了近两个月。出院后又一直照顾因中风瘫痪在床的老伴，这次应邀和我们结伴上太姥山看星星，他隆重地向老伴请了假。他说，有生之年，不知道还能有几次这样的机会看星星。

生与死如此接近，我们与星空那么遥远。我突然很想念大女儿瑶瑶，十六年前，刚刚十个月的瑶瑶化作了一颗星星去了遥远的星空。十六年来，我一直认为瑶瑶会在星空中长大，会一直用她明亮的大眼睛看着我们，看着她妹妹田田幸福成长。

是的，今晚上看星星的两位小孩很幸福，他们对什么都新奇，只是无忧无虑地游玩。回房后，小龙猫意犹未尽不肯入睡，手捧一副象棋来找田田。对于象棋，他们还是初学者，棋局奥妙如头顶的星空，两个人下得步履蹒跚跟跟跄跄，但依然饶有兴味，多么像起先他们看星星的样子。

我在一旁静静地看着，随手拍了一张他们下棋的照片，传给隔壁房间的小龙猫的外公。

原载《海外文摘·文学》2020年第6期

❷ 湖底的书香

Chapter 02

来处

梦一样的马栏山

从马栏山回来的那天下午,我做了一个异常清晰的梦。

我梦见自己在山洞里醒来。有很强的太阳光射了进来,照在我的脸上。我眯着眼,看见身边昨夜燃烧的火堆刚刚熄灭,有人正从火堆上方的架子上取下烤熟的鱼儿。洞里热闹了起来,老人、小孩,男人、女人,来回穿梭,忙着各自的事。他们穿得很少,女人的乳房硕大,男人的大腿粗壮,都是暴露的,但长长的头发包住了大半个头和头下的脖颈,只露出黝黑的脸。

早餐很丰富,除了烧烤的鱼儿,有煮熟的谷子,还有猪肉、羊肉和狗肉,用石片切着吃,男人喜欢生吃,女人和小孩大都把食物放在火上烧熟了吃。这时,猪儿、狗儿、鸡儿、鸭儿在人身边走来走去,伺机抢食人吃剩的食物。洞口停着两只白色的鸽子,"咕咕咕"地叫,头一伸一伸地朝洞里张望,动作优雅,腿上圈着一个金属圈子,身上散发着文明的气息。它们或许从遥远的殷地飞来,那是我的故乡,那时我的祖先已经学会制造和使用青铜器等金属制品，他们较早地进入了人类发展的又一个阶段，已经创造了辉煌的文明。

早餐后开会。一个年长者分配一天的活儿：磨制石锛和石斧，烧制陶器，到山脚下的河里抓鱼，去山背后的森林里狩猎……会后，大家各自带着劳动工具从山洞里鱼贯而出。洞口向阳，洞外的阳光很灿烂，照在石器上，闪着耀眼的光芒。不远处有几座草木搭起的房子，是不喜欢洞居的人所建。梦中的我似乎是从很遥远的地方来的客人，有旁观者的心态，没有分到磨制石器这种在他们看来最重要的活儿。我随一部分人去山脚下的河边抓鱼。路上，到处有人在打制和磨制石器。这个馒头似的小山，是一个热闹的石器作坊。人们生产石锛、石斧、石镞，除了自己使用，更多的是输送给太姥山下桐川大地上的其他人群，或者漂洋过海去到南太平洋众多不知名的海岛上。

打制的工序比较简单，而磨制就比较艰繁。他们要磨制出自认为既很实用又很美观的形状。他们这种对形体性状的追求，是人类童年时期对美的最初觉醒，最早的朦胧理解、爱好和运用。能干的会烧制陶器，陶器上有纹路和图案，一只蛙、一只羊、一条蛇，或者什么都不是，就是些笨头笨脑的曲线。这些有意味的笨头笨脑的东西使他们感到快乐，他们看着这些图案时流露出只有在面对自己的母亲或心仪的女人时才有的表情。这种表情使我感动，我感动于他们在承受生活的沉重和紧张的同时，还能营造活泼和天真的氛围——人类健康成长的童年气派。

我们来到河边，它是大海的触角，弯弯曲曲地伸进山脚下，送来鱼儿和人类赖以生存的其他养料。于是，被海包围着的山，成为一个相对封闭的单元，他们在这块自然条件适宜的土地上独自劳作生息，创造了令后人引以为骄傲的古老文明。

我抓鱼的工具是一把一头尖的石梭子，另一头绑在木棍上。眼睛盯着水面，看着清澈的水里有鱼儿游过时，就用力把石梭子扎下去，但不是每次都有收获，要扎到一条鱼，往往要经过很多次的落空。大家都低头干活，扎到鱼儿时非常高兴，"嗷嗷"叫着把梭子举得高高，向同伴介绍自己的劳动成果，紧接着又低头寻找水里的鱼。

他们是一群朴实的人，不喜欢玄想，而是实在地解决眼前的事，勤务实利，埋头苦干，在极其艰苦的条件下用极为简陋的工具创造劳动价值，使自己生存下去，使群体繁衍下去。他们不信鬼神，在自己的人群里树立偶像，塑造英雄，用盘古开天辟地、燧人钻木取火、有巢构木为巢、宓羲教民以猎、神农遍尝百草的故事教育子女。他们不信仰宗教，劳动和生存是他们心头最大的宗教。

我被半山腰响亮的劳动号子声吵醒。醒来时发现靠在家里的牛皮沙发上，手里攥着从马栏山带回来的一块石片。专家曾告诉我这是一块普通的石片，没有经过马栏山人的打制。但我不愿相信，因为我分明看到沾在这块石片上四千多年以前马栏山文明初绽的曙光。

原载《散文选刊·下半月》2011 年第 9 期

时光深处的闽越国

一

闽山浙水本无边界。

我无数次地坐车来往于闽浙边界分水关,如果不是醒目的道路标识和蜿蜒关之高处的古防御墙提醒我,倏忽之间就从这省到了那省,一点也没有察觉。

就像古时候的越人。

这个生活在长江以南的古老民族,当年生活在一片蛮荒之地,使用一种被称作"戉"的神奇的大斧,喜欢在身上刻各种飞舞的龙蛇之形,并像鸟儿一样巢居在树上。

相传居住在福建北部、浙江南部的闽越人还善于使舟和水战。

这样的一群人,生活在古闽越地,他们手拿大斧,一阵子从泰顺跑到福鼎，一阵子又从福鼎跑到苍南，追逐野兽，开垦土地；或者一起驾船来往穿梭于沙埕（属闽）与对岸的下关（属浙）之间。

他们一定不知道有所谓"泰顺""福鼎""苍南"这样的地名，更不会知道脚下经过的将是一个闽浙两地之间的关口。

他们本来是同一个血统，同一个部落。走过了春秋，走过了战国，终于有一天，他们名义上被分开了，成了两个国家的人。

公元前334年，楚国灭越，越国一些贵族遗胄退到浙南和福建，各称王称君于一方。秦统一，曾下令废除这些所谓越王勾践后裔的王号，将他们名义上纳入郡县体制，但并没有实施有效的行政管理。公元前202年，汉朝廷封闽越族首领无诸为王，不久又陆续将王国一分为三：浙南为东瓯，福建为闽越，闽西粤东一带为南海。闽东福鼎被划归闽越国。

东瓯国和闽越国的划分是否以分水关为界，我没有在史书上找到详细而具体的记载，更没有找到可以做证的实物。

但"州县之设，有时而更"，作为划分不同国家领土的界线，边界除具备最根本的地理特征外，还具备与生俱来的政治特征。"山水之秀，千古不易。"地球表面本无边界，只是在有了人类并建立了国家之后，才用想象性的界线把地球表面人为地划分成不同的区域，用以标示每一国家的范围。所以，边界从一开始就具有政治性。

而政治的操作是善变的，是随着时代发展的具体情况而不断变化的，所以，闽浙两省之间在古代的分分合合，真是一言难尽。

历史的脚步走到了唐、五代。一个名叫王审知的人登上了福建历史的舞台，他的名字也与闽浙之间的分水关紧紧地联系在一起。

《福宁州志》载，叠石、分水二关，俱于闽所置，以备吴越。

史载，闽王王审知处理边民动乱，力求"化战垒为田畴，谕编氓于仁义"。按照这个说法，他是不会兴土木在分水关建造关隘的；但细想之下便可以理解，他的这个战备措施是为了闽中百姓可以更好地休养生息。这与中国古代军事理论的灵魂是相通的：战争是为了和平。

我们去分水关看一看吧，看了就知道为什么王审知要在这里建关隘、建城墙了。

驶出福建福鼎桐山盆地走104国道往东北方向，开始爬坡，十五公里长的山坡尽头，就到了分水关。站在高处，目光向着东海的方向，顺着延伸的山峰，山脊两边的闽地和浙地截然分明矣。

分水关古城墙就在我们的脚下蜿蜒。考古学者的结论毋庸置疑，这就是建于五代十国时期的城墙，并把它叫作防御墙。有了这雄伟的防御墙，相对强大的吴越国，想越过分水关攻打闽国就变得异常艰难了。

有意思的是，一条古驿道与防御墙成九十度交叉，防御墙生生地透出一个圆拱门，让古驿道穿墙而过。

古驿道由块石铺就，时光把块石的表面打磨得光滑，因为有了新的现代化的交通要道替代，被毁弃的古驿道长满了青草和苔藓。消逝的时光里，这条古驿道承载了数不清的来来往往，它见证了分水关，既是古代福建防御外地入侵的军事关隘，同时又是闽浙两地重要的交通驿站，中原文化通过这个孔道进入闽地，使闽东成为福建最早接受中原文化影响的地区之一。

望着这样的古迹，我们不免心生感慨：山水相连，一墙如何就能分割？人情相通，一关如何就能阻断！闽浙之间的人民百姓，哪一天断过来往！

只是，有了这样一个关，在心中，人们寄托了多少别样的情——

北宋元祐进士、浙江瑞安人许景衡《分水关》诗曰："再岁闽中多险阻，却寻归路思悠哉。三江九岭都行尽，平水松山入望来。"有了关卡，便有了异乡之感，平生了思乡之情。南宋绍兴进士、莆田人黄公度《分水岭》诗曰："呜咽泉流万仞峰，断肠从此各西东。谁知不作多时别，依旧相逢沧海中。"有了关卡，便有了异地之感，平添了惜别之情。

而更多时候，人们不愿意有那么明晰的边界观念："一道泉分两道泉，层层松栝翠参天。鹧鸪声里山无数，合向谁家草阁眠？"

是的，山水之秀千古不易，而闽浙边界有无之中。

二

说到政治的需要，当我把目光停留在五代十国这一阶段的闽国和吴越国之间的关系上，停留在闽浙边界分水关这一段布满岁月苔痕的古防御墙上时，不免感慨闽王王审知军事外交策略的高明。

我再一次登上分水关的古城墙。它蜿蜒在闽浙交界分水岭的高处，虽然104国道和沈海高速公路已令它身首异处，我们依然可以感觉到雄伟的墙体当年从这个山头到那个山头的整体走势。关键是，墙的另一侧，山势陡然往下，再下就进入峡谷，如此地势，确有"一夫当关，万夫莫开"之势。分水岭峡谷之下的桥墩门开始一马平川，遥望北边的吴越国，真是沃野千里，鱼米之乡。面对头顶上国强兵强的吴越国，相对弱势的闽国该如何应对？

史载王审知治闽期间，为了防御外敌入侵，在各地修筑了许多战备工事，分水关和叠石关就是其中重要的工事。明万历版《福宁州志》载："分水岭，与温州平阳交界；叠石关，在十八都，与分水岭皆闽王立，以防吴越入侵。"我们不能不承认，从军事的角度考量分水关的战备工事，是有效的，在这个边境要隘设置关卡，等于控制了吴越国进入闽国的要道，而且如此险要的地势，再驻以重兵，的确很难攻打。

如果我们把保卫一个国家安全的措施仅仅停留在这样的纯军事的层面上，那我们就错了，同时也低估了王审知的智慧。王审知治闽可谓深谋远虑，韬光养晦。他在积极构筑战备工事的同时，节俭自处，选任良吏，省刑惜费，轻徭薄敛，与民休息；更为高明的是，建了城墙以后，他同时与吴越国交好，而且在双方的努力下，两国之间的关系非同一般。史载，天复元年（901）九月，吴越国国王钱镠母亲秦国夫人水丘氏去世，王审知闻讯，马上派出使者致祭，又专门叫著名文学家黄滔撰写祭文，寄托了深沉的哀思。后梁贞明二年（916），钱镠派人借道福建，绕道江西、湖南向后梁王朝进贡。同年冬，二人结为亲家。王审知第二个女儿嫁给钱镠第五子检校太傅、睦州刺史钱传响。钱传响亲自来福州迎娶新娘。贞明四年（918），双方还共同出兵江西境内，支援谭全播抗击吴军。《福建通史》认为，在南方诸国中，以吴国最强，其君臣常有吞并诸国北上争霸的雄心。而能成为吴国对手的，则是割据江浙一带的吴越，它经常在战场上击败吴国。王审知加强与吴越的关系，便找到了抗吴的最好盟友，这使强大的吴国不敢贸然进犯福建。

另外，王审知放低姿态，向中原朝廷进贡，获得了中原朝廷的首肯和支持，也在外交上巩固了闽政权的地位。王氏割据政权建立时，唐朝廷极度衰弱，因而，许多割据政权根本不把唐朝廷放在眼里，唯有王潮、王审知等少数节度使照常进贡，一直到唐王朝灭亡前夕，王审知仍然坚持进贡，得到了唐朝廷的加官晋爵，也大大改善了闽国政权的形象。同样，当唐朝灭亡，后梁建立，王审知同样向后梁王朝大举进贡，后梁王朝就是在开平四年（911）晋封王审知为闽王。923年，后唐王朝建立，不久，后梁灭亡。王审知于次年向后唐王朝进贡。历史学家认为，王审知热衷于此，"宁为开门节度使，不做闭门天子"，是他政治上成熟的表现，是他苦心孤诣经营闽中的一种手段和方式，他非常清楚，福建与中原王朝的良好关系亦是福建能够发展的基础条件。

王审知在任二十八年，福建境外烽火连天，民不聊生；而福建境内"时和年丰，家给人足"，经济、文化得到很大发展，并逐步赶上中原发达区域的水平，这与王审知的内政外交战略分不开。

可惜的是，王审知死后，闽国统治集团分裂，仅从后唐同光四年（926）到晋天福四年（939），闽国经历了三个国主——王延翰、王延钧、王继鹏，他们奢侈挥霍、治国无术、滥增赋税，以致国家经济倒退、内乱不断，闽国因此中衰。衰败的闽国终于在后晋开运二年（945）灭亡。在灭亡之后的三十三年间，闽国一分为三，南唐统治福建西部，留从效和陈洪进相继割据闽南，素来与闽国交好的吴越国则占领福州。有意思的是，当时的福州割据政权李弘义受南唐军队进攻而危在旦夕，吴越王钱弘佐出兵增援，两次走的都是水路。看来吴越国的船队和水军亦是强大。由此可见，闽越之间的分水关及其防御墙，在战争的紧要关头也依然是一个和平的摆设。

吴越水军在福州打败了南唐的军队，改名李达之后的原福州割据政权李弘义向吴越称臣，吴越反客为主，把福州置于自己的管辖之下。一直到北宋太平兴国三年（978），吴越王钱俶在北宋强大的政治压力下，被迫献土，宋军和平进入福州等地，接管政权。从此，福州长达近百年的割据状态宣告结束。

当然，当时处于福州政权管辖之内的闽东亦是同样的结局。只是我们不由得感叹，诞生于此时的战备工事分水关及其防御墙，依然没有接受过一次战争的考验，也许它生来就是为了伟大的和平而诞生。

北宋统一之后，它实实在在地成为一个国家内部的一道城墙，历史深处的一道风景。

原载《福建文学》2012年第11期

福鼎山

丙申年正月初三下午，天气晴好，在地处闽浙交界福鼎山上办养鸡场的堂弟打来电话，邀分别居住东、西两边山脚的亲人们到山上相聚。六叔一家从属于浙江的苍南县马站集镇出发；我们一家则从属于福建的福鼎市沙埕集镇出发，走的是清版《福鼎县乡土志》所描述的路线："由沙埕直入，则有大春、小春、流江，福鼎山在焉。"

流江是属于沙埕镇的一个行政村，地处福鼎山的西面山脚沙埕港畔，如果从流江的后门一直往上爬，就是福鼎山的东侧山峰合掌岩，直线距离最短。但这条道路险峻，而且岔路多。我们选择过了流江继续走，接近罗唇下车，才开始爬山。

读明末清初顾祖禹的历史地理专著《读史方舆纪要》，"流江"是一个热词，多处提到。且看这一句：

  温州以南由泰顺而踰分水，自平阳而越流江，福宁、侯官之郊皆战场也。

来处

这句话说的是闽东浙南边界防守对福建军事安全的重要，如果此处失守，就如打开了一个豁口，军队便可如北风一般呼啦啦长驱直入福建腹地。"分水"指陆上的分水关，为闽省福鼎与浙省苍南的交界地，而流江则是两省的水域交界。从分水关到福鼎山，连绵几十里高山阻挡，是福建东北部的天然屏障。我以为此处的"流江"所指，并不仅仅是如今的一个小小行政村，而是"流着的江"——沙埕港。当然，也不是沙埕港的全部，它应该指的是靠近福鼎山脚下的这块水域。

因为地处两省交界，故军事地位显要，《读史方舆纪要》载有"流江寨"，并引《海防考》说：

烽火门之要有官井、流江、九澳诸处，为贼船必泊之所，备御最切，而流江与烽火门尤为犄角之势。

流江水域的确为驻军泊船的理想所在，距流江村不足十里的罗唇村，其地名就能说明问题。"罗唇"原名"卢屯"，卢循屯兵之所也。东晋末年，孙恩、卢循起义，在闽、浙沿海盘踞多年，孙恩死，卢循继之，流江、罗唇一带，就是其重要屯兵之所。循灭，余种悉遁入闽，漂泊海上。或为渔民，或为海盗，这是题外话。

回到爬山的话题。我们下车后往上爬，走走停停，大约一个小时，到达山顶一个叫作"小湖"的村落，堂弟就在这里养鸡。对照清版《温州府总图》，大约此处标有一个"卢屯山"，不知是否为我们所爬之山。小湖村今属浙江,依山头相对平坦的所在建屋,原有村民几十户,如今只剩几户。再高处还有一个大湖村,两村组成一个行政村名叫"牛乾",有公路相接。堂弟开车送我们去大湖村游览。一出小湖村,果然见村外高处一个小小的湖泊。靠近大湖村,又见到一个较大的湖泊,恐怕就是《福鼎县乡土志》里记载的"仰天湖"了,当地人叫作"天湖"。他们也叫天湖所在的山峰为"牛乾山","牛乾"二字,不知何意。

天湖素面朝天,温润干净,像一块翡翠搁在福鼎山的最高峰旁边,湖面距最高峰的直线距离有一二十米,我好生诧异,它的蓄水范围就这么一个小小的山尖,这一泊的清水缘何一年四季不干不涸,养活牛乾村近两千人口!

最高峰有驻军,我们选择在其周围盘旋,领略古籍所载"自平阳赤洋迤逦而来,峰最高,数十里犹在望中"的壮美景观。西瞰,近处的沙埕港如金色的绸带,蜿蜒缠绕在一个个小山丘之间;远处的太姥山,隐隐约约笼罩在夕阳的辉光里,感觉那里似乎真是一个神仙居住的神秘世界。东北望,鹤顶山赫然在焉。浙江方面有资料说"鹤顶山"旧名"覆鼎山",但查清版《温州府总图》,并无"覆鼎山",倒是有一座"护鼎山"。关于福鼎山、鹤顶山及周围几座山峰,今人不做认真的辨别,造成了许多误会,可以参阅民国刘绍宽《平阳县志》的记载:

> 赤阳山东微南为覆鼎山,一名鹤顶山。新纂。案:旧志作"福鼎山"。云:"在县南百里。"今考同治《福建通志》

来处

"山川·福鼎县·下"云:"福鼎山在县东,自浙江平阳赤洋迤逦而来。县命名以此。"其山在鸣山西北,当赤洋山之西。为另一福鼎山。而此山《蒲门志》金以峻、朱阳、林天培诗并作"覆鼎山"。今从之以便区别。

依以上文字,说有两座福鼎山,那么,东北向的一座福鼎山后来谐音演化为如今的鹤顶山,而西南向的另一座就是我们这次所爬之山,即福鼎建县时所取县名之山。但仔细想想,说同时存在两座福鼎山,也不大可能。家里生了两个儿子,会让他们叫同一个名字吗?其实登上高处俯瞰,两座山头有一山脊迤逦相连,它们其实是一个山体的两座山峰而已,它们不就是一个鼎的两个耳朵吗?那高高竖起的两个耳朵!

清乾隆四年(1739),福鼎建县。"福鼎",由一个相对寂寂无闻的山名被扩而用之于一个新生县域的名字,从而被世人所知,更加焕发出了生命华彩。当时就有人写诗赞美:

福鼎初开县,嘉名肇此山。
千年埋旧迹,圣世表新颜。
覆餗应无虑,调羹自可攀。
即今翘首处,瑞蔼满烟鬟。

是的,新生事物总是被赋予美好的寄托和愿景,闽浙交界的东海之滨,虽没有经历大规模的军事战争,但此前的倭寇侵扰、反清复明运动以及清廷的迁界，都少不了折腾渴望安宁生活的人民群众。

　　站在山顶，向东南眺望，海雾迷蒙，烟涛微茫之处，演绎了多少鼓角争鸣，山海是最好的见证者。就说有明一代，倭寇荼毒东南沿海，人民群众始终生活在危险和惊恐之中，明中后期朝廷军腐败无能，海防部署形同虚设，不能救民于水火，历史把戚继光推到了历史的前台，成就了一段英雄的传奇。好在倭夷之志，只在子女财帛，如有更大的企图，一支戚家军恐怕也阻挡不了。当然，我们最好的保障是脚下的大好河山，还有不可屈服的人民大众，他们才是真正的英雄。

　　目光收回，山脚下与海相接之处是一块小平原，著名的抗倭名城——蒲城就坐落在此。蒲城原系沿浦湾一角，因潮汐涨落，泥沙淤积，渐成菖蒲、芦苇丛生的海滩。一千五百多年前，来此搭寮垦荒的先辈取蒲叶编织为门而得名"蒲门"。唐宋以来素为戍守要地，明洪武十七年（1384）为防倭寇而建城，三年建成后改称"蒲城"，并设千户所。蒲城至今还流传着樵夫陈公道为救城中百姓只身与倭寇拼斗而壮烈牺牲的故事，蒲城人民特建"后英庙"以祭祀这位英雄。无独有偶，福鼎山西面脚下不远的罗唇双华自然村一年一度的正月十八"冥斋节"，就是为了纪念历史上为抗击倭寇和海盗而献身的马氏三姐妹，诚所谓草泽之中有贤豪矣。

　　翻过蒲城的后门山，上南堡岭，过云亭，有多条便道直接可通福建的沙埕、流江、罗唇等地，某种程度上说，古时的蒲门守

来处

御千户所与流江寨在两座山的两边，还是可以遥相呼应的。我注意到另外一个现象，这蛇一样缠绕的山岗谷地之中，不管是山石铺就的宽大官道还是山民踏出的羊肠小道，连接的是一座山中的居民们，他们并没有那么强烈的边界观念，他们其实都有着剪不断理还乱的各种各样的亲朋关系，即便一座村庄里的一座桥，这头是浙江，那头是福建，甚至于一间房子，前半属浙江，后半则是建在福建的土地上。还是夹漈先生说得好："州县之设，有时而更；而山水之秀，千古不易。"

我想起出生于蒲门的一位先贤，就是曾任南宋礼部侍郎的陈桷，和秦桧同朝，因强烈主战而受排挤，退隐福建福鼎的管阳，百年之后安息于管阳的广化村。他生前肯定频繁地来往于闽浙两地，而且走的就是这福鼎山间的交通便道，虽然胸怀抗金大业，一心想着恢复之事，但他一样热爱他的家乡，有《合掌岩》一诗为证：

合掌仙峰插汉高，下临沧海压波涛。
看来疑是金仙子，无相光辉礼玉毫。

合掌岩在福鼎山的东侧，两块如双手合十的巨石矗立山巅，面对沧海，仰视苍穹，仿佛在祈求天地给这方地域以安宁。

小时候多次爬福鼎山，攀上合掌岩，从"双手"的夹缝往下看，隐约能看到我的出生地——一个名叫白蓬岭的小山村。

小山村在福鼎山的怀抱里。

原载《福建乡土》2017年第4期

莲花屿记

我突然有一股重游莲花屿的冲动，不去理会夕阳即将下山，拉上妻子就直奔码头。

快艇已经打烊，有一位开挂机船的迎了过来。也好，快艇太快，会让人错过许多美好的景致；在挂机船上慢慢欣赏两岸景色，倒也是另外一种享受。难得的晴好天气，可西岸山顶上的红日正以肉眼能感觉出来的速度下滑，一边羞答答地与云彩告别，一边急急忙忙收起铺撒在海面上的镀金红色光辉，如一位渔民正在收一只网，连同一网的金鳞。

挂机船穿过网箱分割成的水道，像走海上街市。海面慢慢暗淡了下来，有水上人家的灯亮了起来，有养鱼人在渔排上撒饵料，是鱼儿吃晚饭的时候了。这个以军港著称的沙埕，历来为兵家必争之地，如今和平年代的鱼儿，像人一样享受着一日三餐。看着这些，温馨和感动涌上心头。

不觉间，莲花屿近了。

来处

　　这从海面上升起的小岛，像一株水中的莲。屿上不见土，一块块礁石如莲的叶。海水涌动着，水波拍打着，礁石似乎也在摇晃着。这动中的静、柔中的刚、辽阔中的逼仄、强大自然中的坚忍，美得像谜一样。礁石簇拥着的中间，就是莲花寺了。莲花寺就是盛开在莲叶丛中的花儿。清乾隆十三年（1748）这里有最早的寺，两百多年来，她就一直站在这海波之怀，礁石之顶，喧嚣之外，寂寞之中。

　　靠船上屿，仰头就是寺的正门。或许世上再没有离海这么近的寺院了，只有十几级的台阶，稍有大浪，浪花定会溅到门楣。这山门前的精灵，在这里是庄严佛门的一丝浪漫。没有听到诵经声，只有潮水拍抚礁石的声音，一会儿硬一会儿软，好像从很远的地底下传来。海面上偶尔几声挂机的突突声，提醒我们这儿离热闹很远。有微弱的海风摩挲礁石旁几株矮树，发出若有若无的沙沙声，引领人的心思越过时光，从现在回到了从前。

　　东南沿海迭遭倭患。1562年5月，倭寇骚扰沙埕，烽火营把总率"舟师"，在当地群众的配合下大破倭寇。老一辈人说，抗日战争时，日军飞机把莲花屿误认为军舰，进行轰炸，现在屿上还存留被炸裂的礁石。史载，1937年至1945年间，日军先后两次占领沙埕，房屋被焚烧殆尽，沙埕人民奋起抵抗……

　　浪花淘尽英雄，可我分明听到了英雄们在水中的呐喊。

　　"十年三度到闽关，风急星回客来还。朘腊总来殊越俗，屠苏哪得破秋颜。春符觅贴黄龙榜，新历虚衔丹凤班。怅望故山云物致，归心不断岁时间。"文武兼备的南明抗清名将张煌言于清康熙元年（1662）率兵进驻沙埕，他在此屯兵固守达三个月之久。过年了，当地居民按照当地的风俗，祭祀、喝酒、贴春联……勾起了一代名将的浓浓思乡之情，他出生入死，转战沙场，抗击清兵已有十七个年头。那一年除夕，站在莲花屿上，只见青山夹岸，港水如练，他向着浩瀚无边的东海，再向着故乡的方向，想着抗清大志何时才能实现，心潮澎湃。

张煌言在沙埕港写的另一首诗里有这样的句子："去年新燕至，新巢在大厦。今年旧燕来，旧垒多败瓦。燕语问主人，呢喃泪盈把。画梁不可望，画舫聊相傍……只今胡马复南牧，江村古木窜鼪鼯。万户千门徒四壁，燕来亦随檐上乌。"悲壮苍凉，荡气回肠，表达了对战事不断民不聊生的痛恨和无奈，其忧国忧民之心跃然纸上。一年多后，张被清军杀害于杭州弼教坊，行刑前索纸笔赋绝命辞三首，立而受刃，死而不倒。

刀光剑影已随水流渐行渐远，暗淡在历史的深处。面对沙埕港，看到有岛屿状若莲花浴水而出，这是怎样一个美好的境界！中国传统与莲花有关的意象，是清净之地、洁净之身和高洁之品。这样的地方，没有硝烟该有多好！

清脆的手机铃声响起，母亲叫我们回家吃晚饭了。远远的岸上，是一大片温暖的灯光。

原载《闽东日报》2019年2月20日

来处

大厝的声音

我在福鼎这个边界小城客居十来年了。我常有一种错觉，我已是福鼎人的一分子了，但又常常被什么阻断，比如我的祖上、我的老房子，我想起他们，就会朝着故乡的方向深情地仰望；又比如桐山话，我至今未能流利地说上一句，只能听，还一知半解。对这个城市，我只能听，对了，我给自己的定位是一位福鼎的听者。

是的，我时常听到这个城市的声音：山岭上桐花盛开的声音，古厝里炒茶的声音，深巷里打什锦的声音，鳌峰山上木鱼敲打的声音，当然，还有桐山溪和龙山溪亘古不绝的流水的声音……

两百多年前被放在一个名叫翠郊的村子里的一座大厝，也是福鼎的一个声音。

穿境而过的福宁古驿道是一条线，翠郊大厝是这条线上的一个音符。大厝的主人吴应卯据说是做斗笠发家，挖到第一桶金后就置办地产，后来依靠连接南北的驿道交通，以及邻近的沙埕港和三都港，做起了当地的名产——茶叶的生意。

说到茶，那是福鼎一个葱郁的声音，漫山遍野地回旋激荡，但又亲切怡人。当地民谣说："家有茶和桐，日子蛮好康。"你只要迈出家门，满眼青翠，尽是茶山。在晴朗的春日，茶农的微笑有阳光洒落的脆响，这脆响酷似茶商吴应卯家中银子碰撞的声音。这声音太迷人，吴应卯沉醉其中，看着茶山，听着这脆响，他有了一个惊人的决定。

他要建一座很大的大厝。

光地基就整了二十多亩，除了前庭和后园，主体建筑占地面积将近十亩。据说，从清乾隆十年（1745）始建，到了乾隆二十三年（1758）才告竣工，前后跨度达十五个年头。

十五年建造一座房子！吴应卯在青山绿水之间留下一座建筑的瑰宝，留下一段传奇。从建筑学的角度说，翠郊大厝是江南单体建筑第一大古民居，由三百六十根木柱组合成三个三进并列合院，四周封火墙共围出二十四个天井、六个大厅、十二个小厅，共有房间一百九十二个。

进入大厝，徜徉其中，你会感觉这不像是一座房子，倒像是一座城堡。也游览过许多著名的古民居，比如山西的乔家大院、常家庄园，周庄的沈万三故居，等等，但它们都属于建筑群，由许多座房子毗连而成；而独独翠郊大厝是单体建筑，也就是说，在这十亩地上矗立的是一座房子。古时民间建房讲究看时辰，三百六十根立柱要在同一时间竖好并上梁,单独依靠工匠根本没办法完成,怎么办?吴应卯请来两个戏班打擂唱戏三天三夜,还为看戏的乡亲们提供吃住,上梁这一天,时辰一到,暂停唱戏,借助看戏的乡亲们的力量在同一时辰上好了梁。非常之人办非常之事,吴应卯无意之中演绎了一段建筑史上的另类佳话。

踏着木板,从一个房间走过到另一个房间,有一种声音扑扑地敲打心房,有点沉闷,但很有力度,又疑心从身边发出,牵引着眼睛窥向更幽暗的房间的角落,一张眠床、一个梳妆台,或什么也没有,空荡荡的。这时不由得加快了脚步,耳边便传来了更多的声音:挖土声、打石声、锯木声、搬运声、雕刻声、安装声,当然,还有工人师傅的议论谈笑声、街坊村民的啧啧赞叹声。

无疑,大厝及其主人赢得了连绵的赞叹声。这赞叹声有如山上的小草,此起彼伏,经久不息,一冈漫过一冈,冬枯春又勃发。在福宁古驿道上行走,远远地看见这一座大厝,你仔细地倾听,这赞叹声到处都是,它已融汇于风声。

当你走近继而走进大厝,有一个声音突然大起来,就如满是草的山坡上长出了一棵大树,冲击你的神经,让你兴奋。

这个声音说:"学到会时忘粲可,诗留别后见羊何。"

这个声音发自大厝最中心的一个大堂,它是一对木刻行书诗联,是内阁大学士刘墉的书法。木刻黑底白字,黑底已显斑驳,有时光打磨的印记,但白字依然丰满清晰,尽显刘墉"用墨厚重,体丰骨劲,浑厚敦实"的风格面目。据说,主人把联板视作大厝的镇宅之宝。

历史的宏大叙事往往在细节上有更加丰富而具体的流露，从而产生温润而动人的质感。这副联板就像一个巨大的谜团，需要我们用很长时间来破解，也许读懂了这一副联板，我们就读懂了这大厝背后的秘密，读懂了一代茶商的光荣与梦想。

吴应卯在这个叫作翠郊的青山绿水间留下了一段传奇，这段传奇鼓荡后人的耳膜，这个名叫吴应卯的南方茶商注定被这方山水记住，不仅凭他花四万两银子、十五年时间建了这座大厝，也不仅在于他用两块平常的木板（或许是珍贵树种，未考）刻下刘墉的这幅书法，然后把它挂在大厝的大堂之中；我想说的是，吴应卯有意无意之中在大厝里埋伏了一个声音，这个声音经过时光的淘洗逐渐淡去，但来自时光深处的余音，总是在看似寂静之中涌动着生命的诉求，好似脉搏的跳动。

在那个时代，作为商人的吴应卯，即使在商海的博弈中如鱼得水，把他的商业做到了极致，其能量甚至大到大厝的大门被允许八字开（封建时代的百姓人家不允许建八字开大门），但是他依然有所依附才能做大他的商业，依然必须用商业的收益来兴办家族的教育，培养子孙读书上进，试图诗书传家。在他的心底，似乎这些才是正道。

这就是我所听到的大厝的声音，建房者吴应卯埋伏在大厝里的一个声音。这个声音透露了一个人和一个世界的关系，以及和一个时代的关系。

原载《散文选刊·下半月》2015年第5期，有删节

来处

石兰，老去的时光

抗倭留给后人的，除了面对外侮挺身而出勇于牺牲的精神财富，还有就是布列沿海一带的御倭城堡。清版《福鼎县志》里记载的许多城堡，如桐山堡、秦屿城、店下堡、沙埕堡等，都已无存；现在保存相对完整或仍有所遗存的，除了桐城的塘底堡和秦屿的澂城，就是硖门的石兰堡了。石兰最早的居民为南宋绍兴年间从江西庐陵县迁居于此的邓氏先祖。到了明初，倭寇作乱沿海，族人逃离家园。可是故土难弃，几十年后复回石兰，并于明万历八年（1580）绕村建成城堡，一村得以保全。族人在这个相对封闭的空间里繁衍生息，创造他们的生活，如今全村皆为邓姓。

现在，城堡已经很老了，老到大部的墙体被岁月之手推倒，依然挺立的只有北面的一个城门了。城墙两人多高，以城门为中心，向两侧伸展，没入草木之中，如神龙之尾。垒墙的块石满披老去的苔衣，但你仔细观察，这深褐色的苔衣附着的其实多是红褐色的石体，在阳光的映衬下，若隐若现，使人联想到皮肤下涌动的血脉，散发着生命的力量。比城墙还高的是各种不知名的树，还有和树干一样粗的藤。我从没见过这么粗的藤，它是一种栗豆藤，村民们形象地把它叫作"过山龙"。它们有龙的雄姿和神韵。有一棵像树一样从地上挺起，半中间翻了一个身打了一个结，继续往上冲出，绕过一棵树的脖子，跃到了另外一棵树的头顶上，再长出蓬蓬勃勃的枝蔓和叶子；有一棵顺着城墙的顶部往下窜，也翻了一个身打了一个结，又往外跳出，攀住了城门前的树，就和树长在一起去了。如此好多棵，团结在一起，把身边的树也团结在一起，组成了一个严密的组织，一个密不透风的保护网。我想，石兰古堡的这个北门能够巍然屹立到如今，和栗豆藤的努力分不开。栗豆藤目睹了村民与倭寇的一场场血战，同时也接受了鲜血的滋养。我抚摸着它的虬枝上的皮肤，坚硬的表皮下，分明有英雄的血脉涌动。

石兰的树也已经很老了。进入北门之后，我们来到了村子外头附近的一上一下两个池塘边上，看到两池之间有一坝相隔，坝上两棵大榕树并行站立。它们站立的位置相距一二十米，却互相伸出了数不清的手拉扯在一起，交错融合，两树冠盖共同形成了一个椭圆形，遮住了整个堤坝。两树一雄一雌，人称"夫妻榕"，一年四季呈现出不同的生命状态，春季雄株绿雌株黄，秋季雌株绿雄株黄，一黄一绿，相互交替。两树已经站立五百多年，老了，我不知道它们年轻的时候有过怎样的磕磕碰碰，或者要共同面对如何严相逼的风刀霜剑，但它们始终朝着对方的方向努力伸展，互相支撑，互相温暖，达成生命的交融，年岁愈大，情爱弥坚，向世间演绎这令人心动的不老传奇。

石兰还有两棵老树的生命形态更加令人唏嘘不已。一棵叫"榕抱樟"，在池塘的北岸上。大榕树长在大樟树上，榕树的气生根沿着樟树的树皮错综交叉地往地面生长，直入土层，就像一张用粗绳织成的大网，把樟树紧紧围抱。大樟树的干上和杈中又长满好几种其他杂树、长藤和青草，树中有树、树外有根、根上有藤、藤间有草，大家热热闹闹一起生长，这样"无原则"的无偏见的相濡以沫的场景，人世间不知道会不会找得到，但树的世界给我们树立了榜样。另一棵村民们把它叫作"瞭望樟"，在石兰村的高处，相传也是为了抗倭，村民们在树上凿洞，让人藏其内以便观察倭寇之动向，故名。人从根部的洞口进入树的内部，可以一直爬到高高的树干上钻出。它其实也是"榕抱樟"，下部，粗大的樟树树干被榕树用根织成的网抱住；上部，樟树的树枝上却突然长出了榕树的一枝，如此许多处，要仔细分辨，才能看出在这同一个冠盖里，哪一束是榕树的枝叶，哪一束又是樟树的。两棵"榕抱樟"的树龄均已千年以上，树干斑驳，树皮龟裂，而绿葱葱的叶子依然青春，它们都各自努力地向上生长，有秩序地共同接受阳光的爱抚。

第二次去石兰，还见着了祠堂边的一口古井，井沿即便是一圈三合土，也是很老很旧的颜色了，往井里看，却是一汪悠悠清水。村民们说，井水常年清冽，天寒地冻直冒热气，炎夏酷暑取之饮用，却透心冰凉。井是村庄的脐眼。在许多地方，我们见多了古井，大都已不出水，甚或井身填满了瓦砾，让人生出繁华不再风水流失之叹，窥探到这个地方的内里其实已经走向枯败；可此井几百年来活水不断，让我们不由得赞赏石兰山水的健康。健康，是多么宝贵——特别是当它已经老去！

石兰已经老去。在石兰，你很难发现一块崭新的石头，抑或一个什么新鲜的用具；却能很随意地瞥见路旁堆放着的退役的石臼、柱础，或是废弃的青砖和黑瓦什么的，它们也许蓬头垢面，但掩盖不住内在的光芒。面对石兰，我问自己，我也会老去，但当我老去，会不会一样焕发出令人心醉的光泽？在老去之前，如果我放弃了对一些珍贵品质的追求，比如对正义的维护，对爱情的坚守，对他者的包容，以及对健康的珍视，那么，当我老去，或者有一天死去，身体归于尘埃之中，我留在时光之中的，将会是什么！

老去的时光，沉淀在石兰的许多物事当中，需要我用一生去阅读。

原载《福建乡土》2012年第2期、《福建古建筑丛书·城垣城楼》（福建教育出版社2020年版）

来处

栖林半日

一个周末的清晨,傅兄来电话问,中午去栖林寺吃斋饭不?听后心中一喜,即刻出发。

我喜的是,连日的忙碌,可以打理一下紧张疲惫的身心。心的紧张源于工作和生活的压力,许多东西我还难以放下;身的疲惫主要还是肠胃的过劳造成,源于职场应酬当中的大鱼大肉。栖林寺在桐城西北郊的鳌峰山下,虽只十多分钟的车程,但素来清净,相比嘈杂的市区,是另外一重天地,是修补身心的好地方。

在市区的车阵中突围之后,车子向着鳌峰山开去,逐渐抛却了身后的喧嚣。上坡若干路,到了一个村子,右拐进入一个山谷,寺就在里面。这座始建于后晋天福三年(938)的名寺不大,布局典雅,大雄宝殿和净土堂还是旧时建筑。当下,许多寺院都在大兴土木,但栖林寺与世无争,始终淡定,所以仍旧保持古刹风貌,一副清癯独立的名士姿态。

棲林寺周遭峦嶂环抱，雾气不易散去，每当烟花三月，烟雨弥漫，愈加清幽，成就桐城一景"棲林烟雨"。这样的地方，素来为古今文人所喜爱，所谓"蒙蒙烟雨隐棲林，到此能增出世心"。

状元诗人王十朋也喜爱。

那是南宋乾道五年（1169）冬天的一个傍晚，他从泉州知府卸任回老家浙江乐清，途经福鼎，借宿棲林寺。

那天傍晚，在不紧不慢的木鱼声中，王十朋站在法堂的檐下，看着一只只归巢的鸟儿从眼前掠过，隐没于暮色之中，他吟出了这样的诗句：

我如倦鸟欲棲林，喜见禅僧棲处深。
家住梅花小溪上，一枝聊慰北归心。

我想，他宦海沉浮，这样干净清幽的境地，只会在梦中才能遇到！如今卸任，终于放下了一副担子，如倦鸟归林，可以回老家休养了。但在只有半壁江山的南宋，像他这样忧世爱民之人，确实很难也不可能真正"放下"，所以即便在棲林寺这样的世外清幽之地，他还挂念着大宋的恢复大业；况且，几天前离开泉州时，男女老幼涕泣遮道苦苦挽留的情景还历历在目，因此他始终内心纠结。

往事千年，时光淘洗，除了这首诗，在棲林寺已难以寻找诗人的更多心迹。我们只在寺院里散淡地游走，以享用难得的浮生半日。

119

来处

寺院的建筑古朴内敛，但花草就张扬得多，连法堂都摆满了各式花盆，其中兰花居多。同行的花落君对棲林寺熟悉，常在心情不好的时候带一本书来，平静后离开。她说法堂右侧有一个兰花圃，带我们进去参观，果然是一个兰的世界。花落君指着不同的兰花说出她们的各种名字，我对兰花素无研究，这些充满诗意的名字左耳朵进右耳朵出，只突然想起孔圣人的一句话："芷兰生幽谷，不以无人而不芳，君子修道立德，不为穷困而改节。"感觉这话还真是适合于棲林寺。

这样想着，就想到了栽花人。心想已看了兰花，无缘结识也罢！不料转身过法堂，却迎面撞见了住持德清法师。

法师有兰叶的清雅，也有兰花的温情。他嘱咐厨房给我们做米粉汤。加了好多种寺僧种植的蔬菜，因此清淡的汤味里包含着各种新鲜的苦味和甜味，说不出的美妙异常。看着我们小心地狼吞虎咽，他笑意盈然，前额的观音瘤闪闪发光。我们赞叹这汤的"经典"，建议给它取一个名字，作为寺里的保留菜肴。法师笑，邀请我们给起一个。我们一碗接着一碗，盆子见底的时候，傅兄说："就叫无量素粉吧。"法师幽默地说："好！吃无量、思无量、心无量，有无量寿、无量光。"

钟声响起，该是午课的时候了，我们向法师辞别。法师双手合十，目送我们走出山门。待我含笑回头，他说："有空常来。"

原载《闽东日报》2016年3月20日

御屏山记

御,抵御;屏,屏障也。

这小城桐山之北的翠色御屏山,横展如屏,先是抵御了北来凌厉之风,再是防御了高处汹涌之水。

高处的山和水原先都是在奔跑着的,跑着跑着就累了,到这里就歇了下来。于是山也低矮,水也温顺,盖御屏之功也。

于是涵育了这御屏山下无边的浓翠。山冈和幽谷,都依偎在这无边的浓翠中,荡漾着、滚动着,连溪流的脉络也是绿色的。

这绿色的脉络也在高融的身上流淌着。

融,融通也,但在大节上,他一点也不愿意通融。在余杭尉任上,明知执法锄焰,必为势要所忌,却依然严明,被罢了官。再起用为衡州司户参军,明知小人不可得罪,却又触碰了他们的软钉子。

在那时的南宋官场,他终于也累了。

他回到了老家,在积翠重重的御屏山麓,构筑了一个"无余堂"。傍山曲幽密，得林泉之趣，过从无迂腐之辈，嗜读尽心性之书，不为物夺，怡然自适。儿子高松为父亲作《无余堂记》，曰，无余堂隘甚，但不隘于心。

无余堂今已无存，而御屏山翠色依旧。

原载《太姥山》2015 年 12 月，原题《御屏积翠》

双髻山记

双髻山在小城桐山东北五里处。双峰并峙,形如螺髻,故名。宋人有诗曰:"双髻屹立几千尺,古木长藤风瑟瑟。"但眼前的双髻山不过就是两座紧挨着的小丘陵,亦不见昔日的古木长藤,至今仍使人念念不忘的,倒是双髻山旁龟峰最高处的一览轩遗址。志书载,先是徐公履、卫子坚游憩于此,后为朱文公讲学处。

朱文公莅鼎为南宋庆元三年(1197)。前一年,一代大儒遭遇"党禁"之祸,以"伪学魁首"被落职罢祠。朝中一片打压之声,有人提出"斩朱熹以绝伪学",先生的朋友和门人,贬的贬,逃的逃,叛的叛。这种风云骤变的逆境,给先生带来沉重的打击。

先生回到了福建老家,辗转各地,这一年,应其潋村高足杨楫之邀,来到了太姥山下的石湖观讲学。"溪流石作柱,湖影月为潭",先生为石湖书院仅仅留下十个字,透露了既坚持理想,又陶然自乐的旷达心境。

他再应桐山的门生高松之邀,来到了龟峰一览轩,依然忙于设帐授徒,宣讲理学,培育后秀。先生在随时有暴风雨来袭的暗夜里,把自身当火把,照亮前行的路,同时以深邃的思想、渊博的学识、高尚的人品,为福鼎士子乃至普通老百姓树立起了高大的圣哲形象。

"江山留胜迹,我辈复登临",此处风景后来成为桐山八景之一,名曰"双髻凌云"。"凌云"谓山之高,可双髻山依然低矮,心想古人何以如此善于夸张!穿透八百多年时光,我看到,当年,那个年迈的身影徜徉在龟峰之巅,依然脚步从容,目光坚定,我的心中就有了答案——

非山高,人高也!

原载《太姥山》2015年12月,原题《双髻凌云》

玉塘珍重

"城郭沟池以为固。"(《礼》)冷兵器时代的城和堡对保一方平安起了大作用。清嘉庆版《福鼎县志》载:"县城,属营中地。旧未有城,明嘉靖三十八年,乡人筑石堡以备倭。"第二年,南边也建起了一个堡,原名"塘底堡",现称作"玉塘古堡"。

历史的演进,成就的同时也毁坏,如桐山、玉塘二堡。桐山堡今已不存,代以福鼎市区,要寻找一丁点旧迹也困难;而与之咫尺的塘底堡还保存较为完好。它们就如一对曾经的患难兄弟,后来却走了不同的道路。一位变革,一位固守;一位历尽世间繁华,一位墨守百年清静。

繁华易使人迷乱,看不清它的过去。谁会在一座现代化的城市大街上无端地凭吊?只有走进玉塘,你才能看到一些往事,触景生情,生发出与历史和生活有关的或荣光或耻辱的情绪来。

四百多年前的玉塘是一块宝地。山随溪水向东,到这里遇到了海,地势趋于平阔。西北枕连绵苍翠群山,东南看宽阔苍茫海潮，一块小平原浮在山海之间。这山海之间土地肥沃，鱼米丰足。乡民的审美与实用主义相结合，这样的地方在他们眼里只有秋天最醉人，因为秋天是收获的季节。后来"玉塘秋色"成为著名的"桐山八景"之一。

清乾隆二十四年（1759），福宁知府李拔偕同福鼎、长乐知县等游览后这样赞美玉塘秋色："暑气移金律，秋容满玉塘。断霞回雁浦，残照落渔庄。露后黄橙熟，霜前晚稻香。宦游多感兴，鲈脍忆江乡。"

话说李知府下到县里视察工作，正是金秋时节，哪能错过这个以秋色闻名的鱼肥稻丰之地？可是这样的地方一不小心使他起了思乡之情。我想他们一帮人看着眼前翻滚着的金色稻浪之余，还得坐下来好好品尝一下当地有名的桐江鲈鱼吧！这咸淡水之交所产的鲈鱼，味道之美直令这位来自天府之国的李知府陡生嫉妒之心而又平添殷殷思乡之情。

清道光二十六年（1846），时任提督福建学政的一代名臣、诗人、书画家彭蕴章视察福鼎，流连玉塘，并赋诗曰："玉塘横十亩，秋色满鱼庄。白露零丰草，霏霏粳稻香。"

时光上溯至明嘉靖年间，那时的玉塘可不是李知府、彭学政视察时的那样。其时，猖獗我国东南沿海的倭寇扰乱了玉塘乡民的安定生活。滨海之地而无藩篱以蔽门庭之寇，玉塘曾经数次经受倭寇的侵扰和蹂躏，乡民不堪其苦。至嘉靖三十九年（1560），终于有族人倡议建堡自卫，马上得到乡民的响应。家园有难，团结御侮，玉塘乡民众志成城，还得到官府的支持，第二年即告竣工。"下自平原之麓以连高巅……袤二百十丈，高二丈，址厚丈有奇，环绕六百四十丈。壁门三，敌楼亦三，女墙数垛。"

竣工之日，乡民们登城眺望，不由得高声赞叹："外以束海门之襟喉，内以萃境中之淑气，负山崖而阻江潮，当其天凉风急，汹涌澎湃，作我濠堑，盖屹然一保障矣。"

稳定高于一切，安全有了保障之后才能发展生产，乡民筑堡之后开始营造祥和安定的生活，这样，堡内陆续有了一座座别致精巧的民居院子、鹅卵石铺成的小街和春雨秋雾似的传说故事，流传至今。

于是，现在看来，昔日玉塘乡民创造的这一切便都有了深长韵味，如一坛酒，不经意间被遗忘在某一个角落，突然有一天被后人发现，散发着醉人的芳香，被视为珍品。甚至是1656年秋，乡民与倭寇的一次决战，因寡不敌众而战败，遍地横尸收拾后人葬东门外，而留下的"义冢"，以及延续至今每年清明节以鸡毛血祭奠的乡俗，也成了挂在历史枝头的一颗不可能不想、又不忍细想的青涩橄榄。

过去的不能忘却，而更重要的是我们如何对待现在的玉塘。

"东扩南移面海"的前进脚步不可阻挡，建造在桐山堡旧址上的福鼎市区继续发展；但是否会对玉塘构成另外一种全新的"威胁"？古人说历史是一面镜子，留玉塘这样一面镜子，经常照照，亦是城市发展之幸。走在玉塘的街巷中，昔日的鹅卵石子路

来处

已不复存在，覆盖以极平常的水泥路，平坦是平坦了，但走在上面，又为那独特的石子路惋惜，心情反而难受；登上城门顶上，我们还能不能生发出古人"闲情更上湖堤望，百里田畴喜埠盈"的欣喜？

玉塘，珍重！

原载《福建古建筑丛书·城垣城楼》（福建教育出版社2020年版）

松树冈的茶香

一

盛夏。天空被雨水洗过，被阳光滤过，勾魂摄魄的蓝。车行山岭，在绿树中穿行，也在知了们的音乐会里穿行。漫无边际的乐曲，使我想到以前老家的亲人们，也总是这么热情。宽厚、淳朴、善良、洁净、温暖，以至于你根本无法拒绝去想念他们，想念童年生活的乡村。

少琴把车停在一座民房前的空地上，一打开车门，一阵茶香袭来。恒鼎兄跟我说，这就是少琴的茶厂。少琴把茶厂办在自己童年的乡村，邀我们几位来看看。

我一瞥门牌，松树冈5号。

同行的张仕团副乡长告诉我，松树冈是庙边村的一个自然村。这里是福鼎市叠石乡，地处闽浙交界的丘陵地带，横展如屏在福鼎的北部。我们猜测庙边村是先有庙，后有村，否则不会有这样的村名。

上二楼茶室喝茶。窗外几株松树，几丛竹子，几片茶园，几朵野花儿。壁上一副对联："茂林修竹清风自引；卉木轩窗好鸟时鸣。"确是此地的写照。书法清雅自然，署"借闲如愚"，是一位我认识的诗僧，行脚到哪儿，诗便作到哪儿。有一年在印度，托人给我捎来两张诗笺，其一曰："佛陀故里客心宁，入耳胡音不解听。一夜火车酣睡稳，瓦兰希到泰姬陵。"

博古架陈列茶品，茶饼包装上有诗："我有故乡情，行空一轮月。我有故乡茶，素心芳且洁。"诗是恒鼎兄所作，字仍是借闲法师手笔。据说二人之间无比投契，共同点是诗心纯粹、质朴归真、超凡脱俗，在如今的世间，是稀缺的奇人。恒鼎兄喜兰爱诗，养一圃兰花，用兰花窨茶，也窨自己，诗多清奇之气。

少琴视我们为贵客，泡珍藏十年的白毫银针。茶味醇厚中仍有浓烈的毫香，颇似茶包装上的"遍尝红黑青黄绿，佳茗原来在故乡"，一句话里有化不开的浓情。

对故乡的浓情，原来都在这茶里。

叠石乡海拔高，云雾缭绕，茶树品种优良，庙边村有发展茶业的传统，少琴家里几代种茶，这些年福鼎白茶振兴，嫁出去的少琴先是在外拜师学艺，然后回娘家操持起了茶企业，以"企业+农户"的方式向乡亲们收购茶叶，一心做好庙边村乃至叠石乡的"龙头"。

少琴姓何，茶叶名叫"可人白"，属于一个女子的白茶品牌，何其贴切。恒鼎兄有诗曰："可爱团圆月，人间见几时。白云无尽处，茶味最相思。"

二

茶毕，说去村里逛逛。一迈出松树冈 5 号门口，眼前一亮，但见低处有一簇老屋，黑褐色的屋顶和围墙，在四周张扬的绿意中，朴厚凝重如一块墨玉。

头顶阳光泼洒，却有清风相随，少琴追着递来遮阳伞，我们都没接，心照不宣快步走向老屋。

老屋在一个小山谷的缓坡上，背有山峰倚靠，前是缓缓下降的梯田，两边山坡如张开的双臂，老屋被妥妥地安放在中心。没有比老屋更合适的位置了，我试着把它往前、后、左、右各移了移，都觉不合适，不由得赞叹少琴祖上眼光的独到。这个山坡就如一个斜靠在躺椅上的人，老屋是这个人的心脏。妥妥地斜靠，是一个最适宜的角度。城市需要规整，往往不惜代价把斜坡铲为平地，山村却具顺应变化的自然之美，乡亲们是随遇而安再顺势而为的典范，他们有敬畏，会尊重，与大自然和谐相处，故能得蛙鸣蝉噪，得草木清风，得山水神韵。

老屋是个小小的四合院，为闽东浙南典型民居。其正面五扇房屋，中间大厅，左右各有两扇正房，两溜厢房与正房垂直坐向，与正厅围成一个正方形院子，院子外头砌挡风围墙，是为照壁。围墙石砌，屋子木构，覆以土瓦，经两百多年风雨的浸染，均一律的黑褐色，如时光之手抚摸出的包浆。

久居城市，突然邂逅如此养眼的老屋，恒鼎兄和我都有些兴奋。不说千城一面，即便农村的民居，现如今也是千篇一律的僵硬、呆板、粗陋，甚或跛扈，与质朴的乡村格格不入。今人审美的粗鄙化表现在对居室的营造上即是一个证明，过去的人们即便物质生活不富有，也要在碗柜的门上题一首诗，在床头的壁上画一幅画，而这些现在很难在农村的建筑和用具上见到了。

我们靠近老屋，去欣赏大厅梁柱上的木雕，寻找嵌在窗格子里的"福、禄、寿、喜"，以及后院里的水井，流连四合院中，感知居住在这里的人们的生活气息。可是突然之间，就有一股忧伤袭上心头，先前的惊喜和陶醉退去，冷静下来才发现，这么好的老屋竟已被主人抛弃多时，正在走向破败。

安静的老屋已然失去昔日人们在此生活的气息，我们只是陌生的闯入者，局外的参观者。但少琴熟悉这里的一切，她手指着房子说她的爸爸在这一间出生，她的哥哥在那一间出生，她在那一间陪伴过爷爷最后的日子。这个院子，盛过她童年的悲欢，载过她青春的憧憬。

院子的地面爬满了荒草，它们年纪轻，倒不认识少琴，所以对我们爱理不理的。也难怪，岁月的轮回，在它们身上不知已经历了几度枯荣。

我们准备离开，围墙边立着几株老茶树，少琴说是当年爷爷手把手扶着她种下的，今天见了故人，一个劲地招手。少琴走过去捋了捋它们的枝叶，伸手摘下了几片嫩叶，一片放在了自己嘴里，也递给了我们每人一片。

我也放到了嘴里，几分苦涩，也有几分清香。

三

继续逛庙边村。我们得一个山头又一个山头地转，因为被茶山环绕的村落，散落在多个山间平畲里。我们顺着蜿蜒石路漫步，阳光灿烂，树影婆娑，老墙斑驳，新藤缠绕，这样的景象太过熟悉，感觉每一个村落都是我的故乡，我仿佛一脚踏进了童年。

但又分明不是。我童年的村子有大人的呵斥、小孩的啼哭，有村口的狗吠、屋顶的鸡鸣，有货郎的吆喝、燕子的叽喳，但，这里只有安静。只遇到几位老人，他们脸上的皱纹像飘着的一缕一缕炊烟，写着村庄的过往。过往，是日子的艰辛、生活的苦涩，也有收获的快乐、家园的幸福。

而眼前的一切告诉我，所有热闹的过往正在被时光遗忘，浓味的烟火已经被年轻人带到了城里，带到外面的世界，村庄被年轻一代遗弃后正在走向落寞和凋敝。张副乡长告诉我一个词，叫"空壳化"。

我的内心一震,我们先前到过的老四合院就是一座空壳!

大江南北的广袤乡村又有多少座这样的空壳?我的内心又是一震。

我想到了我的老家,短短几十年时间,如今连"壳"都没有了,芳草萋萋,长满我的乡愁。

有故乡就会有乡愁。少琴告诉我,每年正月初三,外出的年轻人都会回到老家聚会,一年一度的看望是对故乡的一次安慰,但如何有长久的安抚?

少琴带我们看茶山。一垄一垄的茶园在蓝天下向山坡的高处梯式蔓延,像音乐老师在黑板上随手画下的五线谱,一朵一朵的白云挂在茶垅上,像极了一个个音符。张副乡长说庙边村有茶园一千多亩,其中八百多亩生产的茶叶由少琴的企业收购,就是因为这些茶园,乡亲们才继续留在村里。

我望着这烈日下绿油油的茶园,心中似乎明白了什么。这茶树的身上,有连接山村过去和未来的密码,而少琴,将会是破译密码的那个人。

我看着眼前漫步茶山的这位女子,有着与茶树极为相似的气质,少语安静,质朴清纯,外表柔弱,但内心有大力量,并心事芬芳。她选择从大城市回到老家做茶叶,回归乡土,同时做一系列文化上的努力,如结识像王恒鼎这样的诗人,像借闲法师这样的诗僧,为茶叶歌咏,让茶香氤氲诗意,让品牌走得更远。

太阳西沉,我们离开茶山回到松树冈5号上车,仍旧有一股醉人的茶香从屋里飘出，恒鼎兄闻香心醉，口占一绝："叠石庙边松树冈，白云如海有珍藏。可人相对茶初熟，领受诸天众妙香。"

我心想，这"众妙香"和着茶香可会是一味药，解救乡村的落寞，治愈我们的乡愁！

原载《海外文摘·文学》2020年第10期

来处

湖底的书香

　　湖泊是造化的眉眼。那一汪清凌凌绿莹莹的湖水,使粗犷的大山增添一些柔媚。翠屏湖,让汉子一样的闽东山区县古田,有了诗性的润泽。

　　翠屏湖是一个人工湖。1958 年,国家在此兴建"一五"计划重点工程、我国第一座地下水电站——古田溪水电站,截溪造坝,围水成湖,于是,发育了一千多年的古田旧县城,被没在了湖里。

　　我们造访的时节,还未进入汛期,发电用水使翠屏湖水位降低,露出了一溜溜黄色的土棱。我无意中发现,其上散落着许多褐色的砖块。湖水的抚摸和濯洗使它们依然保持清新的肌肤,但东一块西一块凌乱的布局,透露着身不由己的无助和内心无奈的沧桑。它们是老县城的碎片,家园的印记,无言的乡愁。

　　新建的溪山书画院就在景区的入口处附近,看着崭新的建筑,我体味当地政府和有识之士的用心,因为我知道,真正的旧溪山书院已没在湖底的某一处。

我的目光投向了烟波浩渺的湖面,那碧澄澄的深处还依稀闪现着朱子的身影。

南宋庆元三年(1197)三月,年近古稀的朱熹遭受朝廷重臣韩侂胄及其奸党迫害,为避"伪学"和"党禁"之难,应古田门人林用中、余偶、余范邀请,从闽北建阳来到了古田。

宋宁宗庆元初年(1195),南宋朝廷内部党同伐异的斗争不断升级,次年,韩侂胄发动了反对道学的斗争,称道学为"伪学",进而列"逆党"名单五十九人,朱熹名列第五。朝廷对与"伪学"有牵连者,一片打压之声。原来与朱熹交游的朋友和跟随朱熹的门人,贬的贬,逃的逃,叛的叛,这种风云骤变的逆境给朱熹带来沉重的打击。

贫病交加、仇怨相攻的朱熹行走在古田的土地上,大难随时都可能降临。一般人到了这样的境地,也就走到了人生的尽头,孤凄、绝望,还能有什么作为!但穿透八百余年时光,我们看到,当年那个年迈的身影在今日翠屏湖的湖底却脚步从容,目光坚定。

他在溪山书院讲学,为书院前的欣木亭题诗:"真欢水菽外,一笑和乐孺。"诗句表达的显然是陶然自乐的达观情怀。

如果仅仅是为了躲避灾祸,就不是朱子。这位理学的集大成者、伟大的教育家,其一生为学"穷理及致其知,反躬以践其实"。在古田期间,他以溪山书院和地处杉洋的蓝田书院为轴心,

来处

来往于古田境内的螺峰、谈书、魁龙等多个书院，巡视教务，设帐授徒，宣讲理学，培育后秀。

这是一个性格倔强的老头，我行我素，"顶风作案"；又是一位宅心仁厚的长者，心无旁骛，一心教学。他在随时有暴风雨降临的暗夜里，把自身当作火把，照亮自己前行的路，也点燃同行者的希望。他以其深邃的思想、渊博的学识、高尚的人品，为古田士子乃至普通老百姓树立起了完美无瑕的圣哲形象，影响着一代又一代的知识传承者。

一段时间以来，我一直在揣摩朱熹在人生最后这几年里的心态，寻找一个人如何在困厄中坚持行走、在绝望里坚持理想的答案。今天，站在翠屏湖畔，望着这群山环抱、层峦叠嶂之中的浩瀚湖水，我似乎有所明白，内心的强大源自站位的高蹈、学问的高深，而这湖水一样柔软的坚强，也正是孕育着支撑生命前行的力量。

据说溪山书院的前身是古田县东北的双溪亭。地方志记载，古田旧城东北不远处，旷地里突耸一石山，其势险峻，山上林木蓊郁，山下双溪屏环。宋淳化年间，构亭山上，曰双溪亭。自朱熹遣高足林用中至此地讲学，亭宇始得开拓。不久，朱熹为亭题匾曰"溪山第一"。溪山书院于明嘉靖年间圮于水，崇祯年间按原貌重建，一直到了20世纪50年代修建古田溪水库，书院被没于湖底。

没于湖底的当然还有整个古田县城。我知道，对于古田人民,这溢满书香的湖底,依然是他们的精神家园。县城的建筑可以淹没,而经过漫长时光培育起来的文化信仰、精神底蕴已和深深的湖水融为一体。

古田安顿过朱熹晚年一段困厄的时光,这是古田人民的骄傲。朱熹在古田的门人,表现出了对理学的坚定信念和对朱熹的一片忠心,他们和朱熹患难与共,险夷不变其节,给朱熹带来了莫大的慰藉;而朱子的过化,为古田培育了浓浓书香,"庆元党禁"解除之后,古田的士人学子靠着正宗师承,人才脱颖而出,单南宋时期就出了大约一百名进士,从元、明至清,又出现了像张以宁、余正健、曾光斗这样的历史风云人物。

时至今日,我们高兴地看到,地处杉洋的蓝田书院得以重修,朱熹的"蓝田书院"石刻被罩以玻璃进行保护,而且不时在书院内举办各类知识讲座和国学班;还有人动议从水库中的溪山书院旧址里抢救朱熹碑刻。从中我们看出,进入21世纪的古田,依然有人在缅怀朱子当年泽溉桑梓的功绩,思慕其高尚坚韧的品格,赓续这源远流长的文脉。

翠屏湖正在有限度地开发旅游,湖水同时用于发电,我相信,这湖底的书香已随着源源不断的电流,点亮了这片土地上的万户千家。

原载《散文选刊·下半月》2014年第8期

来处

东狮山雪韵

一

在南方，你没办法拒绝一场雪带来的欣喜和激动。

它们悄无声息地飘下来，似乎来自遥远的天际，像仙女不小心打翻的脂粉，带着天庭的气息和淡淡的香味。它是那么弱小，让人心生怜爱，落在了眉毛上，或者唇角边，你抓不住它，一伸手，它就不知道躲到哪里去了；可它又是那么强大，铺天盖地地来，整个大地被覆盖了，谁都躲不过去，山头、树木、田园、屋宇，通通穿上了集体颁发的天使服装，就如大地正要举办一场盛大的节日庆典。

但这样的盛典何其少呀，从我童年记事起，到了不惑之年，也就那么几次大雪，或许是我们家住海边低处的缘故；在闽东，我后来听说，西北部的山区是经常下雪的，而福鼎近旁的柘荣东狮山，也是。

地理书上说:"柘洋东山,卓立嵯峨,若趋若伏,云常居之;秋霁远眺,可尽四五百里,虽浙水亦在目中。"东山为东狮山古名;柘洋就是现在的柘荣县城关,山麓小城,龙溪穿城而过,两岸柳意盎然,故雅称"柳城"。偶尔从山脚下的福鼎到了这里,颇得"长恨春归无觅处,不知转入此中来"的季候况味和山水意趣。

这一次的雪在我们睡梦之中悄悄地下,等我们醒来,推开窗户一看,"呀!"远处的山头和近处的屋顶都披上了莹白的装饰。这一天的时光之幕就这样在惊喜之中倏然打开,手机随后收到了柘荣文友发来的短信:"东狮山飘鹅毛啦!来吧!"

欣喜和激动不只我一个人,电话邀约好友,一拍即合,立马出发。国道路面有薄冰覆盖,朋友把车开得极小心,无暇顾及其他,我们却能欣赏窗外的景色。雪已经停歇了。天空很干净,扯起了一片片白色的云雾,好像山头上的雪在空中的倒影。低处山头的雪薄一些,掩盖不住依然峥嵘青翠的南方植物,看上去好像年轻人头上夹生的白发;但高处就厚一些,白色成为主色调,那些被覆盖的植物是老人还未全白的黑发,只那么一小撮一小撮的,很顽强的样子。

我看出山头的绿和白其实就是两种力量的博弈。平淡和琐屑成为我们生活的主旋律,平常如抬头即见的山头,审美疲劳,甚至心生厌倦,于是多么需要一场雪呀!人们对一场雪的需求,是渴望对庸常生活的反叛,是心灵的一次最好的放逐。

来处

二

爬东狮山是从县城东边的狮子岭开始。狮子岭，不知道它是不是本来就是这样叫，我是顺手就这么一写，原因是岭两旁有各色石狮子一字排开。昨晚开始，这些来自不同时间和地点的石狮们，列队欢迎一场雪的到来，对一场大雪的态度，和我们一样，都表现出非常兴奋的神采。它们造型、姿势各异，但目光齐刷刷俯视着整个柳城，是那样一致。从来到这里开始，它们就担当起柳城百姓精神护卫的责任，面对脚下的芸芸众生，对于一场雪的意趣，它们和我们一样：瑞雪兆丰年！谁说不是？

走在这些列队的石狮子中间，我们同时感觉到了一股强烈的文化气息，感之庄严神圣，心里就赞叹和感激建设者的创意。在到处开发房地产和工业区的今天，能让出一块地方集中展示古今中外的"狮子文化"，的确令人感觉别致而珍贵。就在几年前，有一个地方建别墅群，挖出了许多新石器时代的石器和陶器，专家说这个地方原是我们祖先的聚居地，体现我们这个地方最早的文明起源，挖不得，建不得啊！可是这样的声音何其微弱！

站在这高处，我不由得向山下的广阔大地一阵张望：皑皑白雪覆盖之下的绿水青山，已经有了多少块不可逆的伤疤！

是什么在左右人们的行事？答案也许很多，有一点很重要，我想，就是眼界、高度、情怀。

说到这儿，我们都应该想到明朝开国功臣袁天禄。

元至顺二年（1331），袁天禄出生在柘荣。其时正值元末，民族和阶级矛盾激化，社会动荡不安，熟读四书五经、深受儒家传统思想浸润的袁天禄却在16岁跻身行伍，并以出色的表现不断得以擢升，官至福建行省左丞。早期他同兄弟在家乡组织"泰安社"武装，并奉命训练"义兵"，实际上在20多岁时就控制了闽东一带的军事主权。

官逼民反，举旗斗争此起彼伏。至正十八年（1358），陈友谅占据浙江，方国珍鏖兵福建，朱元璋正挥师南下，势如破竹，占据浙江之婺、处二州，温、台、庆三州也相继归附。袁天禄看元朝大势已去，审时度势，也带领闽东武装归降朱元璋。史书记载当时有这样的一个细节：袁天禄知天命有归，遂与兄弟深文、达文等商议归附之事。有人劝他独树一帜，割据一方，天禄微笑着说："若汝所言，毋乃诲我以不忠，而陷我以无君之罪乎？殊不知我之日夜营为，正欲保境以安民已也，深愧疏昧，不足以余民之生，况可召衅，以速民之死乎？"

面对抉择，人首先应当遵从的，不是别人的意见，而是自己的良心。读史至此，我感佩之至。感动的是紧要关头，他想的是百姓；佩服的是，他有如此高蹈的眼界。的确，袁天禄此举，为闽东百姓解脱了一场兵祸之苦。你想啊，朱元璋取得浙南以后，福建闽东肯定就是他的下一个目标，而由于袁天禄的归降，就免去了一场战争，同时就为闽东人民减轻了抓夫派款的沉重负担，也避免了因战事而造成无谓的生命牺牲，这珍贵的和平，为闽东的可持续发展赢得了时间，奠定了基础。

我一直以为，袁天禄的眼界与东狮山的高度有关，那一天东狮山看雪，我始明白，其实袁天禄的心中始终是雪韵荡漾，虽然，有关史料不着一字，对柘荣的史料我掌握不是很多，也许是我还没有读到。

三

告别石狮们，我们向东狮山的高处挺进。山岭变得狭窄，花岗岩石条铺就的台阶覆盖着厚厚的积雪。路边也是，在没有树木遮挡的地面，积雪尤其厚一些；开阔一些的地方，雪花均匀地一层一层地洒在上面，粉粉的、莹莹的，没有一点杂质，像极了一张张孩子纯真的脸庞。一路往上走，除了路上一串串被早起登山看雪的人们踩出的脚印，路两旁，尽是这样的脸庞，这么多充满希望的、天真可爱的脸庞。

柘荣文友有和我相同的感受，他想起了山上更高处的"思哲亭"，说是一位父亲为自己的女儿而建。70后柘荣女孩刘哲，酷爱旅行，20岁刚出头的她，不想留在家里过着周而复始的平淡无奇的生活，于是背起背包，独自一人上路了。不幸的是，2001年8月只身在西藏旅游时因车祸坠江失踪，时年24岁。女儿的离去给父亲带来巨大的伤痛，为了寄托哀思，他在亲朋好友的帮助下建亭东狮山上,希望钟爱山水的女儿依然能够卧枕松涛,坐看行云。

听完这样的故事,大家都不说话了,四周也一下子安静了下来,先前都不曾注意到而现在越来越快的脚步声却愈加分明了起来。也没有心思欣赏路边的迎宾亭、东狮亭等,一口气就到了思哲亭前。

很平常的一个亭子,亭盖积着厚厚的雪,翘角处也顽强地粘着,舍不得掉下,这些雪好像还要随着翘角所指的方向回到天空中。听了故事,也就不难理解亭柱上这副对联的寄托了:"欲问哲人今何在?独留玉宇诉苍穹。"附近的岩壁上,还新凿了一首题为《盼儿归》的七绝:"秋水穿西望,白云锁雪疆。鸿书何处寄?无语对斜阳。"

这一阵子,我们也无语,只默默地瞻仰,眼前明晃晃的白雪也有了更深一层的韵味,但是谁也没有说出。朋友从包里拿出一张纸,是刘哲父亲亲撰的《思哲亭记》,有这样一段:

> 亭名思哲,议论颇多,或曰思亲或曰怀古,其实二者兼之。思亲之情不言自明,怀古之意不说不清。东狮山乃闽东道教中心,亭建斯地名曰思哲,意在引发游人对先贤古哲的追思遐想。道家之"大道无为",儒家的"人之初性本善",及至法家论"人性本恶",虽历千年经行万劫,至今仍能奕奕纭纭。中华文化源远流长,博大精深,世人若勤思考善扬

弃，汇百家贯古今，前行后往发扬光大，岂不美哉？

好伟大的父爱！他无数次地站在这东狮山上，西望高原雪域，回味骨肉亲情，体悟生死离聚，便超越了亲情和生命的命题，就如亭子立柱的另外一联所言："马足东尘世路不知何处尽？严衣涧月禅心应自此中生！"他写作此记时，想必已经超脱了失去女儿的撕心裂肺之痛，建完思哲亭，多少已经有所宽慰，就由"思亲"转向了"怀古"，便是由自我"小爱"转向了人间"大爱"——其实又何曾是转变！就如一片雪花，它本来和众多的雪花是融在一起的呀！

是啊，钟灵毓秀的人们，对美好事物的追求，大家的心都是共通的，刘哲是，刘哲的父亲是，柘荣的父老乡亲们何曾不是！

沉吟之际，猛一抬头，便看见一位仙姑高大的身影，只见她步履轻徐、衣袂飘逸，表情慈祥、目光平和，似乎在看着我们，也看着更远处的芸芸众生。

她来自唐朝，本是浙江嘉兴的一个官宦人家女子，传说以"孝"为起点得道成仙。柘荣人民以农桑保护神，迎奉于东狮山顶，历代以来，寄以护国镇乱、扬善惩恶、泽雨消灾、驱遣瘟疫、保佑平安的美好愿望。在东狮山，马仙原居山洞，后来有了庙宇，现在又有了这高大的雕像。在东南沿海，据说柘荣民众对马仙的尊崇和景仰胜过其他各地，人神之间的双向选择也需要某种相通的特质。

雕像就在思哲亭所在的山冈上，我们没有靠近，只在青云宫旁的另一个略矮的山头向她行注目礼。礼毕，我们返程下山，以这样庄重的情绪结束这多年不遇的与一场雪的拜会。这时，天空又飘下来一小阵纷纷扬扬的雪花，我回望雕像，暗自揣度——在马仙娘娘的眼里，下雪，那是洁白的灵魂在舞蹈呀！

原载《福建文学》2012年冬季号（柘荣柳絮专号）

来处

南阳石刻

柘荣县黄柏乡在巍巍东狮山的一个褶皱里,这个褶皱里有一块古称南阳的山水。这块巴掌大的山水是这个褶皱里再平常不过的一两个半山坡。一条名叫长源的溪涧从山上跌宕走来,走到了这里。两边山坡聚合,托着溪涧继续往山下走去。只是经过南阳这一段时,这段溪流连同两边的山坡才有了灵动的气韵和生动的气象。

山水还是一样的山水,灵动的气韵和生动的气象发源于一个人,是这个人赋予这块山水文化的力量。文化的力量穿透四百多年时光,直抵今人的心灵,让这块山水永久地吸引人们的目光。

这个人就是游朴。

《福建通志》载:"游朴,字太初,万历甲戌进士。历刑部郎中,三主法司,无冤狱。迁湖广参政,分守承天,发巨豪李天荣不法事,论死,以是投劾归。性孝友,与弟韶白首同居。"纵观游朴七十四年的人生历程,"认真"的品质尤为凸显,不管是读书还是做事,他"要做就做最好"。"孤独与喝彩其实都需要,成败得失谁能预料?……"歌手景岗山的《步步高》,如果游朴听到,不知有何感想。

除了认真做事的二十一年为官,其余时间,游朴是在"孤独"中度过的。世间自有公道,游朴的"认真"和"孤独",换来了长达四百多年的连续"喝彩"。

游朴于明嘉靖五年(1526)生于柘洋柏峰(今柘荣县黄柏乡上黄柏村),隆庆元年(1567)考中举人,这时的游朴已经42岁,而考中进士还是七年后的万历二年(1574)的事,而此时游朴已经49岁。49岁,已是年届半百之人,换句话说,为了功名,游朴付出了长达近半个世纪的努力!除了相继赴榕城和桐山圆觉寺读书,以及中举后留在福宁州供学职,游朴的前四十年左右的时间是在家乡黄柏度过的。

黄柏乡政府所在地名为下黄柏村,福温古道穿村而过,游朴德政牌坊巍然屹立于村中古道之上,四百多年来不知吸引了多少往来者崇敬和艳羡的目光。越过石牌坊,走出百米远,穿过一片茂密的林子,再顺着长源溪涧流水,我们下到一个野山坡。山坡上杂树葱茏,花草茂盛,有梯形田园顺山势蜿蜒,一丘丘地落到溪涧的边上。游朴的前四十年时光,就是在此地一边读书一边耕作的。

游朴这样耕读的日子,开始是和父亲游德一起的。据说游德少年时有志于功名,曾赴榕城读书,学业成绩优异,有一年回福宁州应试，经过家里，母亲见儿子体质羸弱，愁戚相劝其放弃功名。游德赋性孝顺，便抛却功名念头，在家侍奉双亲，过耕读日子。

应该说，是父亲游德首先看重了南阳这块清幽绝胜的山水。他把家从上黄柏搬到下黄柏，并移用自己特别钟爱的诸葛亮躬耕之"南阳"作为下黄柏的别名。他把诸葛亮树为自己人生的标杆，在南阳建造房子，房前挂个匾，题字"隆中半榻"，门上对联："一犁春雨绕耕读；半榻宵灯学卧龙。"

日子过得很贫苦，但很充实。游德就这样安排了他的人生，但他把自己的梦想转化到了儿子游朴的身上，这个梦想闪烁着诱人的光辉，照亮了游朴的人生之路。就在游朴15岁考取州庠生的那一年，游德去世，时年36岁。父亲浓得化不开的期望越发地在游朴的心田里生根发芽，就像他们在南阳种下的树，一天天地成长，终会是一片茂密的林子。

顺着蚯蚓一样的小路和田埂，我们去朝觐游朴读书处——一个名曰"片石堂"的岩洞。岩洞在半山坡的较为陡峭处，一块硕大的扁平形石块好像从山的高处跌落，卡在了另一块石头上。一块石头挡雨，一块石头挡风，之间的中空地带刚好可以放置一桌一床。游朴为了节省空间，他把床往高处架，我们在向外的那块石头上看到了凿出的几个架床的榫眼；床的另一边是架在依山势而砌的小石墙上的。

这样的岩洞，不管游朴把它打扮得怎样富有生活气息；在这样的荒野,不管游朴把田园收拾得如何葱茏可爱,但作为"人"的孤寂和孤独,应该也会像山坡的荒草一样,割了一茬又长出一茬来。

他为什么有家不住,偏躲到这样的地方读书?有意地在空间上制造孤寂,而在漫长的时间里享受孤独!他为不远处的"南阳乘驷桥"题一联,向我们透露了心迹:"万里达天衢看他年紫盖联翩归乘驷马;千里环地脉爱此景碧波潋滟飞跨长虹。"

躬耕垄亩,但须心怀天下;埋头读书,而要意在青云。这是父亲游德的遗愿,也是儿子游朴的心迹,更是天下读书人共同的信仰。

所不尽相同的是,游朴继承并恪守父亲以诸葛亮为榜样的人生追求,使他走上仕途后能始终以维护人间正义和苍生幸福为己任,历官二十一载,雪冤狱,革政病,剔巨恶,珍民脂,朝野共誉,成为时俊中的佼佼者,其清廉和德政,堪为后世为官者的楷模。

要知道,世上还有多少读书人,一朝得志便忘了根本,飞黄腾达之时即是他们松懈、庸碌、颓废甚或作恶之始。"南阳"种下的这个信仰,在游朴胸中转化为熊熊燃烧的希望之火种,是如此具有生命张力;那个闪烁着诱人之光辉的梦想,在游朴的脑子里竟那样根深蒂固。是它们,支撑着游朴试图在孤寂中提取生命的能量。

从片石堂回程,还是走蚯蚓一样的小路和田埂。片石堂在我心里的冲击波还未退去，新的"看点"又击中了我的心胸。但这时我多少已不那么沉重了，因为我看到了一个个摩崖石刻。

在小路边的一块石头上，如果不经意就错过了，就在脚的旁边，你要弯下腰来俯视："静里层匕石"；你再抬头，高处的石壁上就刻着："白云深处"；或者你循着水声的响处看去，有"水帘洞"……摩崖石刻还有多处，组成了一个石刻群，字体风格相似，均拙朴可爱。

看着看着，我会心地笑了。我为游朴开心。

这石刻，分明是萧瑟里萌发的一抹绿意，漆黑里闪烁的一丝亮光，沉寂里传出的一曲清音，我们可敬又可爱的游朴先生在这块山水里找到了排遣内心孤独的"乐子"。

生活需要这样的"乐子"。

原载《福建乡土》2011年第5期

半岭看云

那一天，在半岭，我又看到了云，那么美好的云，令我难忘的云，像亲人一般的云。

自打我能用眼睛看事物，云就该是最常见到的一种。我们村在山上，对面的山冈就常常挂着白云，一朵一朵，如妹妹头上的插花，百看不厌。有时是红的，在东边远远的海面上，或是西边山顶的天空上，像妈妈酿的酒，或是我们喝了妈妈酒以后的脸庞。有时黑压压一片，从山头直压下来，接着就下雨了。

小时候觉得，云真是神奇的东西，能带来雨。这时爸爸最是高兴，说这一片云飞过，田里就该有水了，稻子就会长得好了。那时，来来去去的云，该是我们村最好的朋友吧。

半岭也是一个村，挂在福建省柘荣县英山乡西南部一座千米高山的半中间，抬头见岭低头见岭，故曰"半岭"。山的脚下是流经闽浙两省的交溪。交溪蜿蜒向海，在此处转了一个大弯，两岸崇山峻岭，峡谷中常年云气蒸腾。人在半岭，恰似走入一幅名为"远山如黛，近水含烟"的山水画里。

画里的半岭村有老屋若干，新屋几座，白墙黛瓦，依山而建，层层垒叠，错落有致。穿村而过的一条古村道像是把村子绑在山腰的绳子，两头分别连接两个方向的进村公路，一头去柘荣，一头去福安。村中的古道就成了一条街，村民们在这里交易生活用品，交流社会信息，或者什么也不做，坐在自家门前看日升日落云卷云舒。农耕文明在这里发育了五百年，除了不能开垦的陡崖和石壁，村民们在这里种树、种稻、种茶。那些坡地上的庄稼和村后的森林，彰显了村民的勤劳和智慧。

李步舒先生给我看一张照片，村后的森林里走出两位挎着茶篓的妇女，高大的树木中间缠绕着轻轻淡淡、缥缥缈缈的云彩，她们就像从云端上采茶归来。我想五百年前林氏先祖五八公选择在此地落脚，一定也是遇到了云。在这陡峭的山间劳作，该有多辛苦、疲惫，而且寂寞……犹豫之间，一定有云朵飘来，五八公凝望着这朵云，然后做出了在此地安居的重大决定。

回想早年田间劳作，夏天里我最渴望有云，烈日当空，骄阳似火，如果有一朵云飘过，就是对身心最好的抚慰。云从头顶飘过的时候，大地立刻温柔了起来。云是天空给大地的抚慰。

如今，因为工作常去景区，也常常遇到云，这座"中国海边最美的山"，云雾变幻是"一绝"。有时从海上赶来，潮水一般汹涌澎湃；有时从洞里逸出，神仙呵气般丝丝缕缕；更多的时候不知从哪里生出，手牵着手，嘻嘻哈哈地闹，或待着不走，与一座峰石久久缠绵。无论什么时候，在山上，只要遇到云，就会心生快意。这真是造化给予人类的馈赠。难以想象大山如果没有云，则会失去多少诗意。

人与自然之间的缘分，有时候要通过一朵云来联结。五百年前的那朵云，藏着丰富的信息和神秘的隐喻。当年五八公辗转福安、柘荣等地，甚或到过近旁的浙江省泰顺县，要寻找一块能落脚并能使自己的子孙后代安居乐业的宝地并不容易，他必须慎重选择，从长计议。"这一片云飞过，就该有水了。"凝望着这朵云，农耕经验丰富的他可能还像我爸爸一样念叨着。充沛的雨水是南方农耕文明的酵母。即便是像半岭这样挂在半山的村落，只要有雨水，村庄就能发育成长。五百年后，半岭成为一个有九百位林氏人口聚居的村落。

明正德乙亥年（1515），五八公移居半岭，那时候还没有密植的茶园，但后来就有了，除了果腹，他们还发展商品经济。后世不断扩种的茶园再次证明了当年五八公选择的正确，当然就是因为此处云多。

有云的茶山出好茶。时至今日，半岭有茶园一千二百亩，均在六百米以上的云雾之中。

那个午后，又是一片云带来了一阵雨，噼噼啪啪半小时过后，整个山头被雨水洗过一遍。雨停，我们去茶山，沿着旧时连接闽浙两省的古官道攀缘而上到达山顶。站定后俯瞰村子，眼前的景象让我目瞪口呆。

只见一束阳光打在了低处的村子，就像舞台的聚光灯，白墙黛瓦的屋子流光溢彩。更神奇的一幕随即到来，一条云之河从交溪上空的峡谷地带汹涌而来，就像黄河的壶口之水，但颜色是雪白的。它不往我们的高处来，上到村庄的近旁后，只在那儿腾挪跌宕。我感觉脚下正在上演一幕独幕剧：一个仙人正在飞升，或者一条修成正果的龙准备归海。

然后云河顺着交溪大峡谷逐渐流走。我们快步绕过山头，穿过村子来到山坡的另一侧，想继续观赏余下的"海市蜃楼"，但壮观的云河已不知去向。

展示在我们面前的倒是另一种壮观。一百二十亩山坡地连片种植猕猴桃，白色钢架依六十度坡上下龙形搭建，正在生长的猕猴桃藤子还没有爬到架子上，裸露的架子在阳光下闪闪发亮。进村公路穿过猕猴桃园，路旁有一座民宿和几辆房车。在这里，我们遇到了投资人林凤兰。五年前，在外地种植猕猴桃的她，觉得还是家乡好，于是怀揣资金和技术"回归"，带动村民规模经营增加收入，推动乡村旅游发展。

我们在她民宿开阔的观景台上聊天，远处的山峦开始有轻盈的白云飘飞，就像爱乡人的心思，想聚集更多的能量以润泽乡土。

她雄心勃勃、信心满满要扩大投资，但目前遇到了一点困难，正好上门的步舒先生了解情况后主动协调尽力帮助解决。她喊步舒先生"李部长"，熟悉的村民也都这么叫。我的苍南老乡李步舒先生，四十年前跨省来到英山乡教民办，以异乡为故乡，扎根柘荣，直至任职县委常委、宣传部部长。后调任宁德市里，直到今年6月宁德市选派"乡村振兴指导员"，时任市行政服务中心主任的他主动请缨来到第二故乡，进驻半岭村。年届花甲却似当年正值弱冠时激情澎湃，利用各层级资源优势支持村里发展，探索实践欲使半岭实现真正意义上的"乡村振兴"。

我想他多么像半岭村的一朵云，能带来雨水的云。云来自大地，但成就于天空，又回报于大地。云懂得感恩，这朵云的名字叫"乡贤"。

"山中何所有，岭上多白云。"来到这个仰望见云、俯视见云的半岭，脑子里会不由自主地蹦出南朝隐士陶弘景的诗句。是的，山中没有利禄荣华，只有轻盈自在的白云，陶弘景以此来喻指自己超尘出世的生活境界。但我以为，自我完善的高洁是一种高洁，润物无声的高洁是另外一种更高境界的高洁。如此说来，白云的心思陶弘景只说对了一半。

说到这里，突然感觉五百年前林氏先人把这个挂在半岭的居处唤作"半岭"时，就已经埋下了伏笔，那就是，自身五百年辛勤耕耘、繁衍生息只走了发展历程的一半，而另外一半，则要依靠另外一些人和接下去的时间……

也突然发觉，整个半岭恰似五百年前的那朵云，藏着丰富的信息和神秘的隐喻。

白云在眼前飘飞，白云不语。

原载《天津文学》2020年第11期

来处

在霍童古镇遇见

在霍童古镇，我能遇见谁？

遇见六朝时的左慈、葛玄、陶弘景，遇见唐宋时的司马承祯、白玉蟾。我们来的时节，正是酣畅的雨季，霍童溪丰沛充盈，水面上蒸腾着浓浓的云气。据说霍童溪一年四季经常这样云气升腾，莫非是这些善于穿越时空的得道仙人们经常在此相会？是的，我似乎看到一大群寻仙修道之人在霍童古镇的上空腾云驾雾，在霍童溪的水面上踏浪寻欢。今天遇见他们，我跟他们说，奇山异水谁不爱？但我们尘俗中人，只能做短暂的逗留，不像你们，遇见可心的山水，来了就可以不离去，并且呼朋唤友，还为霍童赢得了一个"仙巢"的雅号。

我还遇见过黄鞠。黄公原为隋末谏议大夫，因避祸而南迁，隐居于霍童。他精通地理，善治江河，带来中原地区的先进文化，尤其是水利灌溉技术，使霍童谷地变成沃野千顷的人间乐土。据说黄公当年开凿引水涵洞，仅凭锄挖锤敲，一寸一寸地掘进。他的两个女儿因此误了婚期，终身未嫁，被当地百姓尊称为"姑婆"。黄公庙在古镇的另一端，我们专程赶赴，每个人都极庄重地在黄公塑像前三鞠躬。文明的积淀和文化的发展，恰如百川归海，在冲破重重艰难险阻中跌宕前行并不断强大。我们凭吊开基者的功勋，同时体会建功者的艰难。

以我的偏见，寻仙修道之人多数是为了一己的长生与快乐，而黄公是为了一方百姓的幸福和安康。相遇黄公，我们由敬而爱。爱自己，爱众生，爱这个众生居住的尘世。

在霍童古镇的山边，我遇见了宋代的陆游和明代的谢肇淛。陆游虽新任宁德县主簿，但依然眉头紧锁，这位"志在恢复"且才华横溢的爱国诗人遭逢了国家的不幸、科场的失意以及家庭的流离。那时候，南宋朝廷偏安江南，权相秦桧力主议和一手遮天。多年前，陆游参加进士考试被取为第一，因秦桧的孙子位居其下而招致封杀，直至秦桧去世，才得以起用。来宁德任职之前，他在老家绍兴和爱妻唐婉的美好婚姻被生生拆散。谢肇淛一直不称心于晚明的官场和当下的生活，政治的黑暗、道德的失范、社会风气的乖张，都令这位有良知有追求的诗人学者感到内心的压抑和痛苦。

我猜想，他们来霍童，是寄情山水，寻找心灵的慰藉吧。人啊，总有遇到沟沟坎坎过不去的时候，那就找一处美丽的山水歇一歇吧。

我还遇见一拨又一拨的诗人们，在霍童溪畔的云气村。他们

来处

高声吟唱自己的诗作，这还不够，他们还在溪滩的石头上刻诗。那些透着诗韵的石头，那天被汹涌的溪水淹没，我见不着它们，但我分明看到水面上氤氲的诗意。难怪，这个地儿后来干脆被叫作"云气诗滩"。

后来，我们踱进了古屋夹道的古镇中街。踏过石板路，与一座座或石构或木构的门楼、一堵堵或青砖或三合土的房墙擦身而过。游古镇就像逛旧书店，一座座旧宅子就像一本本历史线装书，拿了这本又放下那本，哪本都好，哪本都喜欢，但在有限的时间里，只能选择其中少部分品读。旧宅子里的故事，积满了时光的尘垢，也只静静地等待有缘人和有心人来拂拭，等待一个适合自己的机缘。

就这样走下去，霍童古镇里长长的街巷就像一个没有尽头的时光隧道，我们仿佛面对着时光的走向逆流而上，一直走进了古镇历史的深处。身边的一切都是旧的，只有我们自己是新的，穿着现代服装，说着当今流行的语言。当然，雨点也是崭新闯入者，自上而下，试图对古镇进行徒然的洗刷，淅淅沥沥，绵绵不绝。

就突然想起戴望舒的那句诗，希望相遇一位丁香般的姑娘。呵呵，您别笑话，这是多自然的联想啊，此境此情，在古镇的雨巷里！

又想起人世的缘分，是多么奇怪的东西。你在什么时候会遇见什么人，看似漫不经心，但一切已有安排，那么精心。回过头想，你所遇见的每一个人，经历的每一件事，走过的每一处风景，钻进你的耳膜里，嵌入你的眼眶里，潜入你的血肉里，赶不走，抹不掉，成为你的一部分，你身体器官的一部分，情感世界的一部分，任何"作品"的一部分：一句言语、一个行为、一幅书画、一篇文章……你的独一无二的人生，其实就是一次次相遇的造就，一次次缘分的累积。

终于还是遇见了一位奇女子！

一拨人走到了一座老屋前，一位文友轻声念叨了一个好听的名字，像是有一股引力，吸引大家鱼贯而入。果然别有洞天，一座典型的闽东民居，自成单元的大户人家的小宅院。先是一个矩形的天井，天井底下的平地和近旁廊道里摆放着一盆盆兰花，高洁清雅。过了廊道就上了厅堂，壁上一幅幅字画夺人眼目。中堂一幅"海为鱼世界；云是鹤家乡"篆书对联，其余均是中国画，均非一般之作，看着极顺眼舒心。同行中有行家，先是赞叹书画作品的艺术水平，继而感叹这古镇老街竟然隐藏着这样一位丹青高手。

书画的作者就是那个有好听名字的奇女子——潘玉珂。她生于清末，长于民国，经历了漫长的20世纪，于21世纪的第六个年头离世。青春飞扬时外出求学，以身上所蕴藉的家乡灵气接受书画艺术的熏陶，先后师从潘天寿、黄宾虹这样的大师。因胞弟不幸病逝，38岁回家侍奉父母照顾侄儿，支撑一家老幼。此后一直隐居霍童，淡泊名利，心静如水，借水墨丹青以抒怀，笔耕不辍，创作不止，终身未嫁。

外面热闹的世界和安静的家乡，曾经光鲜的日子和古旧的老屋，年轻时放飞的青春和后来孤寂的暮年……我不知道潘先生如何消解人生中这巨大的落差。或许这霍童古镇，的确能安顿潘先生的心灵。那羸弱的强大之躯，温柔而坚硬，一位谜一样的女子，她的一生装着一个世纪的烟火。

离开潘玉珂故居，一行人嘘唏不已。或许在潘先生身上，大家或多或少都看见了自己。我想起诗人大解的一首诗："回头望去，有无数个我，分散在过往的每一日，排着长队走向今天。我像一个领队，越走越老，身后跟着同一个人。"诗的题目叫"我的身世"。

那天在霍童古镇，我遇见了好几个我，他们都是我更真实的自己，也是更好的自己。

原载《闽东日报》2019 年 7 月 20 日

火红的身影

一

一片枫叶悄然坠落，如一声哀婉的叹息。这火红的叹息，因炽热而成熟，因成熟而持重，慢慢地接近地面，然后静静地贴在那儿，找到了它安息的所在。

枫叶为什么这样红？因为它累过、病过，经受了冷风的吹拂，甚至霜雪的冰冻，在冬天到来的时候，它成熟了，紧接着，坠落了。

我看到，一阵又一阵的寒潮，魔鬼一样，迅速地来，带着一副狰狞的面目，用扫把一样的大手，扫过来……它把目标瞄准高大的枫树，施以魔法，让他们感到彻骨的寒冷。它扫过一个山头，又一个山头，扫过大会岭，扫过龙川岭，扫过松龙岭，扫过岩庵岭，文成的七十多条山岭古道统统扫过。高大的枫树分明就是大山里的男人，面对寒冷，他们首先站出来，用自身当火把，在冬天里点燃，以至于七十多条山岭古道熊熊燃烧。

你只要闭上眼睛，就会看到文成的山头燃烧成一条火红的身影，它像极了一条矫捷的火龙，在重重青山之间游走。

这就是浙江文成的红枫古道。

文成的文友告诉我，在古官道两旁栽种枫树，就是古人想利用枫树火红的颜色来指引道上的行人，不要迷失了方向，沿着枫树的方向、火红的方向行走，就能够走出大山，走到想要到达的地方。

二

我看到，六百七十五年前，一个火红的身影，也是从红枫古道走出去，走到县城青田，走到府城处州，走到省城杭州，再走到元大都（今北京）。

当时他还很年轻，揣着一颗火红的心，像身边火红的枫叶一样，充满燃烧的激情。他要赶那一年在京城的会试。

他就是刘基，字伯温，那年，他23岁。

他知道，在蒙古人坐天下的"大元"时代，作为第四等人的"南人"，要在极其有限的科举名额里取得功名，绝非易事。但他自幼在父亲精心教育下，博通经史，"诸子百氏过目即洞其旨"，"凡天文、兵法诸书，过目洞识其要"。况且，刚刚一年前，22岁的他，在杭州参加江浙行省乡试，中第十四名举人。

因此，走在红枫古道，他的脚步轻盈。

果不其然，会试结果，他中了三甲第二十名进士，为当时士流赏识，有慧眼者称他为"魏征之流，而英特过之，将来济时器也"。

他终于走出了文成的红枫古道，意气风发地进入了另一条更为漫长的路途。殊不知这条道路不仅漫长而且充满坎坷。

其时正当元末，朝政昏乱，奸佞当道，社会黑暗，天灾频仍，大规模的农民起义已经在各地酝酿。但青年刘基好像并不灰心，在进入仕途的最初几年，怀揣家乡红枫一样的用世热情和救世情结，忠于职守，不怕丢官，不避强御，一往无前，虽不断地起起落落，但终究做了许多好事实事。

而且他不断地向当局进言，论及当时经济、军事、社会上存在的种种弊端，以及纠正的改革之道。然而，日薄西山的元统治者并不买账。

严冬终于来临。

元至正十三年（1353），刘基因为反对招安方国珍，被上官扣上"伤朝廷好生之仁，且擅作威福"的帽子，被羁管于绍兴。这次意想不到的打击使他彻底绝望。他的同时代人黄伯生《故诚意伯刘公行状》说他发愤恸哭，呕血数升，想要自杀，"家人叶性等力阻之……遂抱持公得不死，因有痰气疾"。

如此悲愤的一劫，是青年刘基走向成熟的重要一课，就像严冬的第一场大雪，兜头泼向他家乡古道上的高大红枫……

来处

三

必须进行自身的蜕变，否则难以抵御严寒，难以在冬天里展示火红的身姿。

可蜕变何其艰难，这是一个极其痛苦的过程。他痛彻地诅咒元朝这座"坏宅"无从修葺，即将坍塌，但这种诅咒本身说明了他的难以割舍之情。以至于当朱元璋礼聘他出山的时候，他一拖再拖，延迟了一年多才带着老家处州青田一带的割据武装归于朱元璋幕下。

元至正二十年（1353）三月，刘基和宋濂、张溢、叶琛同赴金陵，向朱元璋呈时务十八策，受到了朱元璋的重视和礼遇。闰五月，陈友谅引兵攻建康，刘基竭力主战，以为"取威制敌，以成王业，在此举也"，朱元璋采用了他的建议，"乘东风发，伏击之，斩获凡若千万"。从此，刘基开始了明朝开国军师的生涯。

识时务者为俊杰。刘基终于从痛苦的泥沼中走了出来，就像家乡古道上的枫树，那些鲜艳的色彩其实一直隐藏在体内，现在褪去绿色的外衣，露出了里面火红的衣衫。

重要的是，完成了蜕变的刘基，内心重新燃烧起了一股火一样的激情。

历史学家总结了刘基在明朝立国中建立的三件殊勋：一是劝朱元璋彻底与小明王韩林儿割断关系，自己另立山头；二是在战略上采取了先打击消灭陈友谅、后张士诚方案；三是在与陈友谅的决战中贡献了影响全局的谋略。

刘基实现了"处于幽谷，迁于乔木"的追求。他的才学和机智得到了淋漓尽致的发挥。在重大战役中，或运筹帷幄，或亲临前线指挥战斗，"遇急难，勇气奋发，计划立定，人莫能测"。

树大招风，伴随而来的却是"高处不胜寒"的尴尬和痛苦。

已经打了七八年仗的朱元璋自然懂得刘基的价值，所以刘基初到其麾下时，称他为"老先生"，一副礼贤下士的面目。实际上，朱元璋性格多变、猜疑忮刻。因为当时天下未"定于一"，他的一些"求贤""尊贤"的"表演"，只是一种暂时的手段。

在朱元璋身边待久了，刘基已经感觉到了"伴君如伴虎"的忧惧，历史记载这个时候的刘基，已不是出仕元朝时的那种"论天下安危，义形于色"的精神面貌，年轻时的锋芒已被朱元璋的专制摧辱消磨得差不多了，展现在我们的面前的是一个谨小慎微的侍臣形象。

"徼福非所希，避祸敢不慎？富贵实祸枢，寡欲自鲜咎。蔬食可以饱，肥甘乃锋刃。探珠入龙堂，生死在一瞬。何如坐蓬荜，默默观大运。"晚年的这首《旅兴》充分表达了刘基对人生无常的苍凉悲叹，可以看出他的内心极其苦闷。

一个有思想、有抱负、有才学、有自尊、有个性的士人的辛酸和苦闷！

在残忍专行、刻酷寡恩的朱元璋身边，他要在保证自身安全的前提下实现自己的理想抱负和价值,他要费多少心机啊!

四

明洪武八年(1375)春天,一个瘦弱的身影又出现在浙南文成的红枫古道上。朝着故乡的方向,他的步履蹒跚。

道两旁的枫树依然各自一字排开,和他四十年前离开时相比,树干高大挺拔了许多,它们像列队的士兵,无言地向这位回到故乡的开国功臣和治国良臣致敬;光秃秃的枝丫指向头上的天空,枫叶已然落尽,铺满了脚下,铺成了一条红色地毯,欢迎故人的真正回归。

在世人眼里,他开一代伟业,有无上荣光,理所当然成了故乡的骄傲,但一生的酸甜苦辣只有他自己知道。

三年前,他已经解甲归田,回到老家,韬晦自保。因为,大明建朝以后,他时时感到皇帝对他所产生的"不安"。朱的不安主要来自朱自身的性格缺陷,但刘的"身份"是造成朱的不安的重要诱因。首先,刘本为元朝旧臣,而且是一位元朝的"忠臣";其次,刘在家乡是一位有实力的人物,曾经拥有武装力量;更重要的是刘能文能兵,谋略过人,而且通"天文数术",被认为懂"天书"能"预言"。这样的人,即便解甲归田,多疑成癖的朱元璋也难免产生"放虎归山"的错觉。

谈洋问题终于发生。

谈洋是福建浙江之间一块"三不管"的地方，刘基曾向朱元璋建议在这里建立巡检司。后来这里发生纠纷，有人说此地有王气，刘基想据为墓地，以图后代发达。胡惟庸把这个诬告转奏朱元璋，正中朱之下怀，马上夺刘基俸禄。

这意味着什么？发展下去将会怎样？凭刘基对朱元璋的了解，答案非常清楚。现在唯一能做的就是：回到朱的身边，让他看着自己，使他放心。

那一年冬天，刘基最后一次踏上红枫古道向山外走去，红透的枫叶不断在身旁坠落，坠落成一个个沉重的叹息。

回到京城不久，刘基感染了风寒。三月下旬，病重的刘基，由大儿子刘琏陪伴，在朱元璋的特遣人员的护送下，自京师动身返乡。

洪武八年（1375）四月十六日，大明开国元勋、一代文韬武略——刘基，走完65岁的生命历程，病逝于文成故里。

"不是战死沙场，就是回归故乡。"一生期待的失落，一个黯淡的结局，一声哀婉的叹息！

五

那一天，和文友们爬大会岭红枫古道。古道上的游客络绎不绝，走得快一些，一不小心还会人碰人，游客的步伐匆匆，为欣赏路两旁火红的枫叶，也为伸展一下缺少运动的身体，他们的脸上洋溢着快意和惊喜的表情。

来处

是的,我们生活在一个平静祥和的时代,我们眼中的枫树是热烈、美好的象征,是姹紫嫣红里的一种。几个人能想到,它的变红,是"病变"的结果呢?几个人能想到,为了变红,它的整个后半生要在越来越紧的寒风中度过?又有几个人能想到,六百多年前,这条古道上曾经走过一位建立盖世奇功的伟人,而这位伟人,为了实现"为天地立心,为生民立命,为往圣继绝学,为万世开太平"的理想而受尽了内心的折磨!

或许,只有火红的枫树知道!

它曾经积蓄过多少生长的力量?它用挺拔的身姿保护矮小的树木们不受寒冻;它又曾经燃烧过多少济世的热情?它把自己燃烧成火红的标记,只为道上的行人不会迷失行走的方向;为了所有这些,它又曾经付出了多少艰辛,经受了多少惧怕,承受了多少严寒!

或许,火红的枫树,只为一个有担当的男人燃烧!

或许,燃烧的枫树,是刘基心中到死都不灭的火种!

或许,不灭的火种,是为了照亮刘基旷世的才情和一生的期待!

我的眼前,只有火红的身影,在无言地坠落……

原载《散文选刊·下半月》2012年第2期、《2012中国最美的散文》(商务印书馆国际有限公司2013年版)

梅雨潭

不知为什么，又常常想起梅雨潭。早年，知道了语文教科书里的梅雨潭就在近旁的温州，2003年通了高速，偕两位好友，就去了。掐指算来，已有十年，时光恍惚，犹如那渐行渐远的绿。年过四十，越发想体味一下国家困顿社会迷茫时期的朱自清先生，如何还有一股难得的美意与豪情。于是，又去了。

走的还是高速。这条东部大动脉，南北穿越中国经济最活跃的地区，像一条丰水期的河流，汹涌澎湃。各式汽车呼啸而过，朋友把车开得像一条灵动的鱼，时而减速让道，时而加码超越。"高速"是这个时代的关键词，现在的人连旅游都是那么匆匆，似乎不这样就跟不上时代的步伐。我不知道，这样的行走到底有多少风景能够进入内心。也许真是因为躯壳自顾自走得太快了，我们把灵魂远远抛在了身后。

梅雨潭在温州的仙岩，仙岩是温州南郊的一个乡镇，原来隶属瑞安市，几年前划给了瓯海区。虽然城市的扩展已然迫近这里,但相对喧嚣的市区,还是安静了许多。车子擦过集镇,来到了大罗山脚下。温州一带的山,都属于连绵不断的雁荡山脉,然而仙岩所属的大罗山却远离群山,巍然坐落在温瑞平原上。其山平地拔起,峻峭峥嵘,给温州带来了不少的生气。正是春深时节,仰望头顶青山,蔚然深秀。眼前一条溪流在绿树的掩映下从一个山坳中倏然钻出,我们沿溪进入,被盎然的绿意包围,心很快就沉静了下来。

突然就遇到了一堵围墙,在一排树的怀里,十年前的记忆是一座寺院。尽头的拐角终于有了一座门楼,门楼却又不署寺名,高挂"开天气象"四个行书大字,一看落款——"晦翁书"。这样的牌匾寺里大雄宝殿还高挂一块,可见珍视。"晦翁"是朱熹晚年取的名号。"庆元党禁",朱熹受到了政治上的迫害,被斥为"伪师",甚至有人提出要杀朱熹以谢天下。已67岁的朱熹带着一身的"晦气"避难到了福建老家,然后辗转闽北、闽东各地,后来取道瑞安,来到了大罗山脚下。大罗山养育了像陈傅良这样的思想家和政治家,曾经长期在仙岩读书授徒,创办书院,他所代表的永嘉事功学派,与当时朱熹的道学派、陆九渊的心学派,并列为南宋时期三大学派,产生了深远的影响。他的哲学观点与朱熹有分歧,政治上却是朱熹的支持者,庆元三年(1197),朝廷立"伪学"之籍,名单上共有五十九人,陈傅良赫然其中。就在此前后,陈傅良被弹劾罢官回到温州老家。我猜想,朱熹与永嘉山水的结缘,与陈傅良不无关系。南方的山水值得流连,朱熹一路寻找学问和政治上的知音，同时不改教育家的本色，每到一处就开坛讲学，传播他的理学思想。我想他当时的境遇何其不堪，甚至危险重重，朝廷一片打杀之声，他却有心情题写"开天气象"这样雄阔高昂之格调的话语，真是非有一般的胸怀和气象不能做到！

离开仙岩寺，我们是三步两步就钻进了梅雨潭，不知道走的是不是朱先生当年的路径，但突然之间，一条瀑布就挂在了头上。水流不大，再经岩石的撞击，纷纷扬扬，丝丝点点，真是像极了江南四五月间的梅雨。这"梅雨"好生温顺，仙女一样飘飞而下，柔柔地就扑进了一汪绿色的深潭之中。梅雨潭的两边均是峭崖陡壁，包住了这一条白水和这一汪绿水，与外面的世界就更有了距离。虽然还有哗哗的水声，但我此时的心愈发沉静了。

我登上了梅雨亭。因游人可以在此坐观飞瀑，又名观瀑亭。果然整条飞瀑尽入眼帘，偶尔还能感觉得到数点纵情的水珠飘来，沾到脸上，撩拨起了心底的一点诗意。坐下来，发一点思旧的幽情，于是就怀想起朱自清先生。

那是 1923 年 10 月的一天，天气薄阴，先生和浙江十中的同事马公愚以及另外两位朋友，也是先到了山脚下的仙岩寺，再到了梅雨潭。那绿色的潭水像一张极大的荷叶铺展着，先生站在水边，为那潭水的绿而惊诧了，他的心随着那绿水而摇荡，舒缓了心头的愁绪，迸发了心底的诗情。他对马公愚说："这潭水太好了！我这几年看过不少好山水，哪儿也没有这潭水绿得这么静，这么有活力。平时见了溪潭，总未免有点心悸，偏这个潭越看越爱，掉进去也是痛快的事。"

1923年春，为了生计，朱自清应浙江著名教育家金嵘轩的邀请，到位于温州的浙江十中任教。从1920年5月开始，朱自清从北大毕业回到了浙江，辗转于杭州、温州、台州一带。军阀混战，民不聊生，他带着妻小以及心头的苦闷和悲愤，像浮萍一样到处飘零。那时，"五四"的狂飙已然落潮，文化战线呈现分崩离析的状态，就如鲁迅所说："有的高升，有的退隐，有的前进。"想当初，为改变中国的历史面貌，他们满怀激情，激扬文字，满以为经此狂飙扫荡，祖国河山必然焕发一新。谁知狂潮一退，依然荒滩一片。各系军阀在中国政治舞台上演了一幕又一幕的丑剧。丑恶的社会现实，时时给先生以强烈的刺激。

山水有清音，也许真是干净的山水能够洗涤身上所谓的"晦气"！也许唯有这"越看越爱"的山水，能带来心灵的些许慰藉，从中获得一些"活力"。寻找山水的慰藉，对于以前的文人来说，还有这样的能力；时光晦暗，他们能在污浊的生活环境中阅读美，体验美，进而拥抱美。今天，国家发展，政治清明，可我们如何在庸常的生活里寻找幸福和诗意？这既是一种能力，也是一种态度，更是一种责任。记起禅宗圣严法师的一句话，大意是，人生要在平淡之中求进步，又要在艰苦之中见光辉；要在和谐之中求发展，又要在努力之中见希望。社会有缺陷，但我们胸中要有气象，朱熹如是，朱自清如是，我们也应如是。

朋友们也分明惊诧于这梅雨潭的绿了,一个劲地拍照留念,我却不知在亭上坐了多久,直到他们喊我离开。温州的朋友告诉我,这山后还有一座伏虎寺,弘一法师曾在寺中驻锡,潜心悟道,醉心山水。说得我心动,但斜阳西下,不得不起身回程。我心想,错过就错过吧,弘一法师当年遁入空门,已了无牵挂,可我们还得回到那些庸常而实在的日子里。

原载《福建文学》2014年第5期、《中国散文大系·景物卷》(中国文史出版社2015年版)

来处

那一潭深深的绿

"问渠那得清如许？为有源头活水来。"道，出自有源。今天，我也站在一潭深深的绿水之前，想起了朱文公和他的这句诗。

潭是梅雨潭，位于温州大罗山南麓的仙岩镇，八百多年前，一位大儒的身影也曾在此流连，他就是朱熹。那天，这身旁之水已不是那细小而清澈的半亩方塘，而是一路跌宕而来的宏大之水，它汇集自大罗山深处，顺着山涧一路冲撞，经过了雷响潭、龙须潭、三姑潭，再到了梅雨潭高处的岩石上，而且，在奔赴深潭之前，还要在岩石的高处做最后一次悲壮的跌落。朱熹胸中起伏，却口中不语；同行的永嘉学派的陈傅良吟出了这样的诗句："衮衮群山俱入海，堂堂背水若重闉。怒号悬瀑从天下，杰立苍崖夹道陈……"知音之言矣！

南宋庆元年间，"庆元党禁"发生，67岁的朱熹被逐出朝廷。庆元三年（1197），朱熹退避到了生养他的老家福建。回到老家的朱熹不改教育家的本色，不顾年迈之躯，辗转各地讲学会友，他经顺昌、南剑州、古田、寿宁，再来到地处闽东的长溪县。在长溪潋城，朱熹受到了学生杨楫的盛情款待。杨楫，字通老，南宋淳熙五年（1178）进士，绍熙五年（1194）朱熹在建阳考亭书院讲学时，杨楫负笈从游。《福鼎县志·艺文》收有朱熹的一封书信《答黄直卿论杨通老书》，信上说："通老到彼住得几日？讲论莫须更有进否？已劝渠莫便以所得者为是，且更向前更进一步。不知后来意思如何也？渠说冬间更欲来访，但恐迫于赴官，不能款曲耳。"朱熹关心杨楫的学问进展，言词殷殷，心意切切，可见朱、杨师徒之间的关系非同一般。

据地方志记载，朱熹避难闽东，是杨楫专程到长溪赤岸迎接老师到了潋村自己的家中，并在杨家祠堂设书院请朱熹讲学，使朱熹得以在这个相对平静的东南滨海一隅安心度过了大半年时光。杨楫等人在朱熹遭受严重迫害而朝廷又大肆搜捕朱门学生和朋友之"逆党"的危急形势下，依然履理学之大义，究师生之真情，不顾个人安危，勇敢地站出来，保护老师，给了危难中的晚年朱熹以莫大的支持与安慰。

虽"苍崖夹道"，但朱熹一路走来从容不迫。步履从容源自内心的强大和意志的坚定。那一天，朱、傅二人，一条瀑布，一潭水，成就了一道优雅的风景。这风景，恰如这一潭深绿上方的水流，纷纷扬扬，丝丝缕缕，飘逸如晚春的梅雨。

在既往的岁月中，朱熹淋漓尽致地阐发天人合一的形上论、一体两分的理气变化论、究自然之理的物理论，以及居敬、穷理、践实的道德修养论，引导人们树立社会责任感和道德品格意识，增强主体精神的自调自律，并在文化命脉方面自觉弘扬民族文化精神生命，引导人们开掘思想文化发展新途径。他通过集注四书，发挥和强调宋代时代精神，阐述新的思想规范、伦理原则、人格标准、实践方法等，表现出理性品格意识的空前觉醒。

朱熹不愧为一位大师，一位经学大师、新儒学大师、教育大师。他不在意功名，而更关心道德修养，关心民间疾苦；他19岁就考取了进士，在地方为官九年，在朝廷也只做了四十天的官，一生的绝大部分时间都在著述和讲学。他办书院、授生徒、创学派，他待学生如子弟，学生爱敬导师如父兄，师生之间、同道之间，甚或不同学派之间，求同存异，互相赏识——就如他和陈傅良。他们虽有各自完备的哲学体系，但他们的思想深处都有明确的士大夫肩负天下的责任意识和群体意识，这种意识是中国士大夫文化品格成熟的重要标志，它影响着当时的学风、民风，以及知识分子的人格境界。

朱熹在世时，辛弃疾就这样评价他："历数唐尧千载下，如公仅有两三人。"这与上文所引陈傅良在《题仙岩梅雨潭》诗中对朱熹的评价"晋宋至今堪屈指，东南如此登无人"似乎还要高一些。那一天，陈傅良站在朱熹的身边，发出了"结庐作对吾何敢，聊向樵渔寄此身"的自谦式感叹。其实陈傅良是永嘉事功学派的领军人物，永嘉学派与当时朱熹的道学派、陆九渊的心学派并列为南宋时期三大学派，产生深远影响，其"经世致用""物之所在，道则在焉"的学说曾引起朱熹的正视。

所以，在绍熙五年（1194）冬，当奸雄韩侂胄争权成功，发起了报复赵汝愚以及朱熹"道学"集团的一系列活动时，同在朝中为官的中书舍人陈傅良出于公心，站出来为朱熹说话，并拒绝草拟斥逐朱熹的诏书，以"依托朱熹"的罪名受到参劾。韩侂胄进而发动"庆元党禁"，指控朱熹的道学为"伪学"，五十九人的"伪学"名单之中，陈傅良赫然在列。被罢官之后的陈傅良回到温州老家，一心韬晦、闭门静居于曾一度在此读书授徒的大罗山麓。

为了看望同处患难之中的陈傅良，朱熹离开长溪潋城，一路跋涉来到了温州的仙岩。两位大师终于在梅雨潭边欣然相晤。据说陈傅良为了招待朱熹，仙岩学馆特地放假三天，他白天陪朱熹游玩梅雨潭及其周边的山水，夜晚两人回到学馆进行理学辩论，几乎都通宵达旦。辩论的交锋闪烁着思想的火花，那时，他们困厄的处境都已交付九霄云外，各自为对方的思想而折服。可以想见，梅雨潭边的那几个夜晚是如何清气充盈而又诗意盎然，他们面对强权的逼迫泰然自若，进而以天下为己任，追求和播撒永恒的真理之光，辉耀着未来。

临别的前一天晚上，陈傅良设宴招待朱熹，并请朱熹留书纪念。在耳边隐然作响的瀑布声中，朱熹浓墨挥毫，写下"开天气象"四个大字，表示对永嘉学派及其陈傅良的嘉勉，同时也表达

来处

了对自身及其道学的期待。"开天气象"后来作为匾额留在梅雨潭近旁的仙岩寺，至今犹在。那一天，我们游完梅雨潭，再经仙岩寺山门时候，我恍惚看见朱文公的身影一闪，就消逝在那一潭深深的绿之中了……

原载《闽北日报》2014年2月11日、《胜日寻芳——走进朱子故里文学征文选》（中国文联出版社2015年版）

玉苍山记

我没有写游记的习惯,到了一个地方,只快快乐乐地游玩,旅游结束,体力多半透支,等休息好恢复了体力,快乐又多半忘却,提不起笔。应了一句名言:快乐总是短暂,而痛苦则是永恒的。

今日读萧文苑《唐诗情韵》,读到《拾得》一篇,倒想起了日前与妻子去玉苍山的半日游。

拾得是唐贞元年间的诗僧,《全唐诗》编得他的诗作一卷。据说天台国清寺丰干禅师见到一个孤儿,便领到寺中抚养。无名无姓,就叫拾得。拾得在伙房里帮厨,一干就是三四十年。他与寒山子交情甚厚,两人常谈古论今,有官员来拜访,即装疯大笑而去,不知其踪。

拾得以为俗尘扰扰,苦恼太多,远不如隐居山中快活。我想到了日前曾去过的玉苍山。车到浙江省苍南县桥墩镇,从集镇后山盘旋而上一个小时,到达山顶。好一座清冷的山:峰峦清峻,林木清幽，山风清凉，泉水清澈。我们中午12点到达，犹如从一个纷纷扰扰的杂尘天地到了一个不留一点儿渣滓的清净世界。玉苍山海拔八百余米，我们走时匆匆，一人只一件短袖，在山上直冷得起鸡皮疙瘩。这原是意料中的事，而没有料到的是，在这偌大的一座山中，我们未曾遇到一位僧人。

寺倒是有一座，"深山藏古寺"是中国的通例，玉苍山未能例外。山门无寺名，寺规模不大，懒懒散散地卧在玉苍山的主峰下。寺前两潭清水，几株垂柳，与世无争。后查资料，得知此寺名法云寺，建于宋咸淳年间（1206—1273）。

入寺内，仍不见僧人，见大殿前空地左侧立一大石碑，上刻《奉宪勒禁》，有"三十六都大玉苍，乃平邑（苍南县旧属平阳县，1981年析出单独建县。笔者注）之名山，其山有玉，故称玉苍"等句。见寺内无人，我们赶快退出，怕扰了寺的清静，到别处去看山景和石景去了。

玉苍山的山景不如北边的雁荡山，其石景也不如南边的太姥山，均引不起我多少的兴趣。那一天，山中半日，我只惊异于竟未遇一僧人。

书读到《拾得》的这一段：凡夫对凡夫瞪眼，和尚也对和尚撇嘴。拾得发现出家人的队伍中，有不少是混进来的，是冒牌货。"不能得衣食，头钻入于寺。"这些假和尚，解决衣食问题后，仍不满足，"终朝游俗舍，礼念作威仪。博钱沽酒吃，翻成客作儿"。自以为念得两卷经，便欺骗世俗。

佛曰："勤修戒定慧，息灭贪嗔痴。"僧家的戒律也是人间的修行。滚滚红尘之中，孤独应是人生的常态，也是人世的风景。我忆起游一些风景区的寺庙时，曾看到僧人们忙碌的身影穿梭于如织的游人中间。而来到比较宁静的玉苍山法云寺，我觉得：宁静如法云寺，方是一座真正的禅寺；平常如玉苍山，亦不失为一座真正的好山。

写于1999年秋，原题《山中》，载《玉苍山志》（浙江古籍出版社2018年版）

来处

厚　庄

中巴车甩开笔直的大街，一转身，就来到了一个河埠头。

城市与乡村的切换倒无突兀之感。我知道这块土地一直在变身：先是海岸的滩涂，再是河沙的冲积，后来被开垦为良田，再后来，一条笔直的大街从城市内部延伸至此，随后两边高楼和厂房拔地而起。

在车上，我瞥见了大楼背后还有绿油油的菜畦和稻田。

这个年轻的城市年轻到只有一岁，三十多年前，它还是几个小渔村，然后是"中国第一座农民城"，并有了"中国印刷城""中国礼品城"的标签，但其实是一个建制镇，2019年从苍南县析出，单独建市，真正有了城市的身份。温州苍南领改革开放风气之先，曾经创造了好几个"全国第一"，时至今日，龙港又创造了中国撤镇设市的第一。

亲近这样的土地总是令人兴奋，充满豪气和激情。主办方把这次文学采风的主题定为"蛟龙出港"，安排参观市政工程和企业,向我们展示"龙港"之雄姿。

来自全国各地的作家们都很新奇,可我貌似跟不上节奏,即便从只有几十分钟车程的邻县福建福鼎匆匆赶来。我知道自己的心思还没有从太姥山地区的田野里收回,此前的几天,我陪同一所著名高校的教授们田野考察,我们进村入户,找祠堂、进宫庙、读碑文、看族谱、拍契约……去了解太姥山地区人们的日常生活及其与地方社会的关系,探寻每一个特定历史时期国家制度如何塑型普通百姓的生活。

近些年,我乐在其中,为我所服务并热爱的太姥山进行各种文化挖掘和整理,但毕竟力量有限,教授们的到来是拓展太姥山文化研究的好机会,我自然万分珍惜。

田野中我发现,在城市的面貌越来越走向千篇一律的今天,那些还保留原汁原味的乡村倒越发显得千姿百态。不管生活如何日新月异,每一个家族都没有忘了怀旧和寻根,他们近乎顽固地保留下来的民间文献,向我们展示了一个地方的精神面相。

因此我强烈地想去探访"厚庄"。

厚庄有多厚?洋洋百多万言的《厚庄日记》,近百卷的《平阳县志》,还有《厚庄文钞》《厚庄杂录》《厚庄胜录》《厚庄诗文稿》《东瀛观学记》《籀园笔记》……厚庄先生是近代温州地区的社会活动者,是温州现代教育和地方文化事业的先贤,其著作宏富,被称为"浙南学界的爝火""在孙诒让先生过世后的三十余年间温州地区的一代宗师、学界泰斗"。

《厚庄日记》所记始于1888年，止于1942年，是先生积半个多世纪的心力铢积寸累而成，容纳温州时代风云，记载民间世态变迁，被称为"跨越清末与民国时期的地方史料库，记录半世纪温州风云的乡土文献"。

几年前老家文友送我一套新影印的《平阳县志》，10册装订共计4022页。这部厚厚的《平阳县志》，得先生十年磨剑之功，其"体例之善、搜罗之善、考据之善、叙述之善"，为现代修志提供了范例，被誉为"近代浙江方志之佳作""近出新志之冠"。我获赠此《志》，视为珍品，奉之于书架，犹如在书房里开了一扇窗，故乡平阳的山水风物、过往风云、乡情风韵，均历历在目矣。

心有灵犀，车到河埠头，大家招呼着下车再上船，就是要去探访"厚庄"。

船行白沙河，见两岸石板路依河延展，成为临河走廊。石板光滑发亮，叠加过无数行人的脚印和悲欢，偶有路段还留有廊檐，听说旧时还有美人靠。或许，先生童年就曾经端坐美人靠，听檐雨滴答、桨声欸乃，看水边月色、两岸稻花。

人们面河而居，旧房屋大多低矮，但古朴厚重，有时光积淀的醇厚味道，间或可见高大的现代民房，水泥外墙在阳光下靓丽耀眼。有老屋的外墙挂着"乡村振兴"的红色横幅，标语鼓舞人心，古老的村庄在怀旧中前行，在扬弃中发展，亦处在"变身"的征途之中。

我想起我的老家，一个繁盛时有大几百人的村子，在城市化的浪潮之下，走过凋敝之后直接消亡，如今只剩房屋的残骸和茂密的草木。白沙河两岸地理区位相对优越，但愿有一个好的未来。

窄窄的白沙河一直流到海，但船在一个名叫白沙里的村庄停留了下来，要上岸参观设在龙港六中里的"厚庄教育史馆"。龙港六中是白沙小学的原址，1903年，科举废止不久，先生就在这里创办新式学校白沙初等小学，开了温州地区乡村办学的先河。"救国必须治愚，而治愚舍教育莫由"，先生立下改革教育之志，并敢于实践，参与创办平阳中学、县小等浙南早期十多所学堂，协助孙诒让创办温州师范学堂，还曾两度担任温州中学校长，整顿校风，制订章程，亲编教材，延聘名师，因材施教，造就人才无数。

"教育史馆"设在教学楼一层，楼前的操场中心，立先生塑像，一袭长衫，姿态儒雅，目光蔼然，底座前壁刻先生简历，左右两边分别刻"德行道艺，交修并进"和"潜心玩索，身体力行"，总结先生行实，言简意赅，耐人寻味。

"教育史馆"里陈列着塑像、实物、书籍、照片……徜徉其中，我得以充分了解先生一生行状。如果说，此前我仰慕先生的成就，那么当我参观完展馆，便增添了对先生的敬佩。先生生于清末，经历易代，时外侮迭乘，军阀混战，生灵涂炭，民不聊生，自身早年亦失意科场，屡遭挫折，虽"吾生忧患相始终"，但主张"士以有益于国家社会为贵"，努力探索救民之路，热心地方公益事业，开启民智培育英才，令人感慨动容。

来处

　　先生一生事业在家乡，蛟龙并未出港，蛰伏在窄窄的横阳江边、白沙河畔，情注乡土，精耕细作，为这块土地留下了丰厚的文化遗产。

　　参观末了，大家鱼贯而出，在教学楼前合影留念，我离开的脚步迟缓，因为在展馆的文字里没有找到心中一个小问题的答案，我思量，"厚庄"何意？

　　厚庄是一个人，是一摞文献，更是一个厚厚的村庄，是温州这一片倾注了众多像先生这样贤达之士的智慧和情感的厚土！先生心无旁骛，淡泊名利，扎根乡土，造福乡梓，因热爱而坚韧，因坚韧而达厚重。唯其如此，先生才是龙港最具代表性的精神面相。

　　厚庄是白沙里的魂魄，龙港的魂魄，浙南的魂魄，乡土的魂魄。我想，如果没有像"厚庄"这样的精神遗产和文化根底，蛟龙即便能够遨游四海，也该会是"丧魂落魄"的吧！

　　离开白沙里，采风团依旧坐船，按计划要去海边，我却要辞别他们赶回福鼎，因为教授们还在等着我，我们约好去太姥山看遗址、读碑文，继续我们的文化考察。

　　我越发明晰手头工作的价值和意义，并发觉内心有一股力量，犹如先生当年！

　　先生姓刘名绍宽，字次饶，厚庄是先生的号。

原载《海外文摘·文学》2020年第9期

❸ 一杯茶的背后

Chapter 03

来　处

一

我从哪里来？

记得很小的时候问母亲，母亲总是笑意盈盈，右手指着左臂下的胳肢窝说："你是从这里钻出来的。"

不记得当时相信了没有。后来知道，母亲生我时难产。三天两夜里几度昏死，父亲和接生婆就掐母亲的人中，母亲醒过来又忍着剧痛，终于在一个黎明前生下了我。

其实我还未完全足月。那一天，是母亲提了一个水桶到房屋旁边的小水井里舀水，井水太低，她弯腰下去时压到了我，动了胎位。

小水井其实就是岩壁间的一个小水洼，只有一点点水从略高处的岩缝中渗出，外围砌了栏，就成了小水井。上坎有人居住，水便只用于洗刷，饮用水得到另外一个山坳的井里去挑。

我们居住的小村庄，在一个山的褶皱里。闽浙交界的丘陵地带，有一座座小山脉，如果在空中俯瞰，颇似造化"包饺子"，捏起了许多褶皱，突出部成为山脊，凹陷区则为溪涧、山坳。东南沿海多台风，山脊不能住人，房屋就在山坳里一座一座地依山而建，我就出生在那个有三座房屋的最下一座的四合院的左厢房里。

这个有三座房屋的小村庄有百十号人，全部姓白，名叫"白厝里"，它与另外两个自成单元的小村庄共同组成一个自然村，名叫"白蓬岭"。"白蓬"为一种草；"岭"指村子在半山腰，挂在一个山坳里。

"地无三尺平"，这里非宜居之地。想我白蓬岭先祖爆松公，于康熙年间，过山越水，只身来到这个交通不便、人烟稀少的闽浙交界边缘地带，披荆棘以居，辟草莱而田，为了生计流尽汗水，历尽艰辛，才逐渐站稳脚跟并繁衍生息。白蓬岭这个地方，即便经过了几代人的耕耘，因为山陡水短，梯田还是那窄窄的梯田，一丘一丘虽经精耕细作而精致玲珑，但逼仄贫瘠的基本面貌无法改变。我想象爆松公当年匆匆而来，选择此地居住，难免有仓促之嫌，但总是有原因的，不是天灾就是人祸，天地之间，也许只有这山旮旯供他容身。

时序更替三百年。我于1972年正月初七那一天还是不按计划提前来到了这个山旮旯里，给正值盛年的父母以欣喜。父亲是一位优秀的农民，优秀到他耕作的田地成为村里的标杆，优秀到他后来当上了村里的最高领导——党支部书记。幼年开始跟在父亲身边劳作，我在父亲身上看到了一个中国农民优秀的品质，并悉数继承，这些优秀品质包括：吃苦耐劳，坚韧不拔，负责担当，诚实敦厚，等等。我感恩那个逼仄的小山村与父亲一起对我的童年进行的锻造。是的，人没办法选择出身，但我庆幸于自己的出身。

二

燡松公来自浙江温州平阳县的山区，那里也是一个个"饺子的褶皱"。很小的时候，我就被大人带去探访宗亲，或者参加在祠堂里举行的祭祖仪式。平阳县腾蛟镇一个名叫"龙尾"的村子的山头有一座我们的老祠堂。

老祠堂古旧质朴，稳重内敛，犹如白氏敦厚淳朴、山居质实的家风。正厅五开间，龛台上摆满了大大小小风格不一的木制神主牌，一个神主牌就代表一位先祖。大人告诉我，一个人过世，身体入土，但魂灵会依附在神主牌上，而且不管路途多远都要送到祠堂，按辈分次序摆放，以接受子孙的膜拜，亲人的祭祀。

在列位开基始祖的规范和世代宗亲的坚守下，温州白氏尊祖敬宗、敦亲睦族蔚然成风，数百年来，修谱拜祖，恪遵祖训，珍爱祖遗，未曾稍懈。如今白氏家谱、宗祠、祖坟都完整保存，一年两次的祭祖扫墓均如期举行。每年春秋两祭，各地代表云集宗祠，礼拜，演戏，会餐，亲热欢畅，其乐融融。

宗祠龛台的正中上方悬挂一块横匾，镌刻"香山世胄"四个楷书大字，为民国八年平阳县知事所题。当我后来知道，"香山"是我们白氏的堂号，而且与唐代大诗人香山居士白居易有关联，不由得"文化自信"爆棚。白氏的人口在南方相对少，又有一些少数民族姓白，所以每每有人问我是不是少数民族，我就会搬出白居易来给对方答案。有资料显示，白氏在全国人口比重中占2.9%，百家姓排名第73位，人口数不算少。

据《旧唐书·白居易传》，其先祖原住太原，至其曾祖白温徙下邽（今陕西渭南东北五十里），至其祖父白锽，因官而家于新郑（白居易出生于新郑），白居易的族亲有徙于东都洛阳的，故其母曾一度寄居洛阳宗亲家中，白居易曾多次到洛阳探亲，后经常来往于洛阳和下邽之间。晚年长期在洛阳履道里居住，筑石楼于香山，结诗社会诗友，号醉吟先生，又吃斋于香山寺，参与香山寺建设，自号香山居士，世称白香山，名重一时，影响深远。故我白氏又有洛阳之族望，以及白香山之雅号。

白居易写过一篇《续座右铭》，说他读到崔子玉的《座右铭》相当仰慕，但觉得仍有不够完备的地方，于是进行了续写。《续座右铭》表达了他对贵贱毁誉的态度，以及待人接物的标尺、自身修养的要求，闪烁着人生的智慧。最后还说，他不敢用这些座右铭规劝别人，只终身以此勉励自己，死后赠送给他的后代，如果谁违反了这些，就不是他的子孙。《续座右铭》其实就是我们白氏的家训，即便到了今天，依然是社会优良的行为准则和道德规范，值得我们好好参省。"不敢规他人，聊自书诸绅。终身且自勖，身殁贻后昆。后昆苟反是，非我之子孙。"常读白居易的诗歌，但只有这样的句子最觉"亲近"，我曾一遍遍默诵这些谆谆教诲，何其贴心！

去年夏天，我偕妻子、妹妹，带着读中学的女儿、侄女和外甥，做中原楚地之行，特地游览了洛阳龙门山之东部的香山，瞻仰了白居易纪念馆，拜谒了"唐太子少傅香山白文公墓"，那种"接近"乃至"亲近"的感觉，是游其他文化景点所没有的。我读着纪念馆大门的联句，"履道凿园池香山卧石楼援丝竹赋青山乐于独善其身；西湖筑白堤龙门开八滩倡乐府诗讽喻志在兼济天下"，何其会心！

我发觉，随着年岁渐长，我身上这种木本水源、敦宗睦族的观念和情感愈发明晰和强烈。

三

据宗亲考证，我白氏远祖，溯诸炎黄，世居陕西冯翊、山西太原一带。本人祖上一支（白绫）于汉初始迁河南南阳，世居于此，唐时有白元光因功封南阳郡王，白氏以此称南阳郡者。至唐末五代十国，地方割据，军阀混战，民不聊生；北宋末年，金兵南侵，中原涂炭，人民纷纷南逃，士大夫之官于江南者，羡慕江南的安定和富庶，也纷纷就地落籍定居。和其他官民一样，我白氏族人也大量迁徙到江南来。如定居于江西泰和的西昌白氏，始祖白文哲，原居住于河南洛阳履道里，是白居易的三世孙，因谪官于江西，就在此定居了下来。宋杨邦义为西昌白氏宗谱作序曰："白氏望出太原，其所在江右者（即江西），皆乐天（指白居易）敏中（白居易从弟）之子孙也。"的确，徙居江南的（包括江左和江右）白氏，都是从中原的冯翊、太原、南阳等地迁来的，都和白居易的家族有关，不是近亲，就是远亲。

到了元代，有先祖从江西南昌迁泉州府同安县（现属厦门市），子孙繁衍，成为闽南一派。到了明末清初，闽南一带兵匪战乱频仍，倭寇屡屡登陆烧杀劫掠；同时，洪水为害惨重，房屋田园被毁；再加上疫病流行，民不聊生。天灾人祸交相煎迫，为求生存，人们纷纷四处逃生。闽南白氏成为这些逃难大军中的一员。据安溪县榜头《白氏宗谱》记载，明末清初，仅榜头白氏北徙温州地区的有三十四人（不含随迁眷属），其中有十七人在温州地区定居下来，形成现在温州地区白氏的十七个支派。

温州平阳，背靠雁荡，东临东海，瓯江、鳌江、飞云江等水流贯穿境内，有山有水有平原，有鱼有米有山货，确是闽浙边区少有的好地方。白氏族人徙迁至此，勤耕力作发奋经营，人丁飞跃增长，加上同时迁徙于温平之闽南诸乡亲竞相发展，百多年间，已是熙熙攘攘。人满为患，于是不得不又向邻县甚而浙北、苏南、闽东闽北等地再求发展了。迁徙至闽东的白氏居福鼎店下的旺山、前岐的双屿、沙埕集镇等地，本人之祖上爆松公则迁至闽浙交界的苍南县云亭乡（后并入沿浦镇）白蓬岭村。

几千年源远流长之血脉传承，如此简要的文字只能概括梗概中的梗概，想象先祖们的每一次搬迁，不是由于一方水土难养一方人，就是被大时代的社会变革裹挟其中，不得已抛离故土，另谋新路，其中艰苦，难以尽述。

想我闽南安溪榜头逸宇公，随父白兴公安居泉州府同安县，但人有旦夕祸福，其二兄因建言获罪被廷杖，当时法令严酷，犯事多抄没并株连，于是以六旬老叟之身，挈眷辞家，"弗依荆荫世家，宁四壁竟弃乡邦，揆之安土重迁"（清先贤白圻涵所作《白氏宗谱序》），其时心中惧怕获罪的惶恐，雁阵分行的痛苦，到了新地方而要安身立命的艰难，只有他自己能够体会。

人没办法选择时代。如今，被经营了几百年的白蓬岭"白厝里"在城市化大潮的裹挟之下于几年之间迅速瓦解，白氏族人不是雁阵分行，就是零落四散，大家各自寻找安生创业之地。放眼闽浙，这个村子走出的族人，就如早春天空里的风筝，四处飞扬。但每年清明节，这些飞出去的风筝必被一条丝线牵回村子，这条丝线就是一个字——白。

原载《散文选刊·下半月》2020 年第 7 期

魂归何处

2011年9月中旬，胃癌晚期的大伯父在县人民医院住院近一个月后，医生建议他回家。

回家等待生命的终结，但大伯父其实很早以前就没有了"家"。回到哪里？成了难题。

我的堂姐和早年入赘的堂姐夫想让大伯父回到我们的老家。

老家地处闽浙两省交界，这个半山腰的小村落依浙江地界而建，面朝福建海域，百多户人家，最多时有五百人口。清乾隆年间，我们的祖上为了开垦新的耕作园地，从"人多地少"的浙江温州平阳县的一个小山村迁居到这里，繁衍生息，世代以务农为业。生于民国二十七年（1938）的大伯父是老家的第八代孙，大伯父后来有了七个弟弟和一个妹妹，在新中国成立前后，至改革开放之前的三四十年时光里，大伯父帮助我的爷爷奶奶维持一大家子的生计，成了家里的顶梁柱。

当年，爷爷成家立业、生儿育女之后，必须完成的最大一个任务就是为每个儿子建一座房子，这是每个男人的人生大课。在那个年代，生孩子容易，要养活这么一大帮人，显然已不大可能。除了8岁时就夭折的我四叔，排行第三的我父亲，以及我的五叔、七叔，送人的送人，过房的过房，所以还好，爷爷只要为老大、老二、老六建房即可。

三座房子外墙石构，内部木构。山上遍布青石，请石匠略加工，只要有力气，挑回即可垒砌；能充当柱子和房梁的木材就要到邻县的泰顺购买，当时交通不发达，当然也没有能力支付运输费用，爷爷和大伯父两人便一人一头从泰顺扛着回家。大伯父生前不止一次跟我们说过随爷爷到泰顺扛木头的事，叙述中有太多的辛酸和艰难，当然还有许多自豪。

房子终于建成，20岁的大伯父在新房子里迎娶我的大伯母。

温州地区人多地少，平原地带已经人满为患，后来的移民只能在山间寻找开垦的所在。他们先在朴素风水学的指导下选择山间的某一处，安下家之后，就在房前屋后开垦田园。山地往往土石混杂，他们用锄头和铁锹翻开新土，捡拾土里的石块垒砌田埂，引来山水浇灌土地，建筑一坵坵的田园，精耕细作，生产粮食养活家口。

故乡是灵魂的圣地。对于这块土地，这个村子，我的上上辈人、上一辈人就是这样倾注了所有的感情，他们用心血来浇筑家园，安顿一代代人的身体和灵魂。

我现在回忆童年的村子，那是一个充满诗情的乐园，即便物质生活不富有，但精神的快乐无与伦比。各种各样的树、叫不尽名字的草、四季轮流开放的花儿、清澈的水流、清甜的空气、清脆的鸟鸣，这些构成了我山居童年的基调，其实也在消解大人们劳动带来的艰辛、物质生活的困顿。不管白天劳作多么辛苦，晚上都会聚集到哪一处，夏天在院子里、山冈上，纳凉、聊天；冬天在某一个小店铺里，打牌、喝小酒……如今，生活在城市的我们，匆匆忙忙、风风火火、忙忙碌碌，突然有一天，蓦然回首，无意间瞥见山间的某一处，灯火阑珊处，有几张最质朴的面孔，过着他们最真实的生活，我们定会怦然心动。但这样的场景已经成为遥远的过去。

不知从哪一天开始，这种生活被逐渐瓦解，我的故乡在渐渐沦陷，以至于完全沦陷。

沦陷于城镇化的大潮中。

二十年间，乡亲们因各种不同情况从故乡撤退，整个村子以非常快的速度走向溃亡。最早一批离开故乡的是像我一样外出求学的人，随后是差不多年龄但没有读书的，或打工，或开店。年轻人一旦出走，就不可能回到村子，一旦在某个地方站稳脚跟，他们的家人随即到来。村子就像一个溃堤的水库，乡亲们如水库里的鱼儿，被裹挟其中，身不由己。离开，是他们别无选择的选择。我堂姐一家也大约在十五年前搬离村子，到了县城郊区租地种菜。两位老人长久地蛰居于日渐荒凉的老家，堂姐不放心，于是，在自己离开五年之后，把两位老人接到身边。

他们虽然从一块土地到了另一块土地，但离根的阵痛依然强烈。父亲告诉我，刚离开村子那阵子，他想"家"都快想疯了，翻江倒海地想，有一次终于克制不了，瞬间放下手中的活儿，一口气跑到老家，在老房子前呆呆地坐了良久，心里才平静了下来。这种心情，我估计大伯父也一样。问题是，不是每个人都能像我们一样在城镇建房子。大部分移居城镇的移民并无能力承受日渐抬高的房价。大伯父和我堂姐一家就在租来的菜地旁边搭了一个草寮。我后来发现，大部分在城市郊区种菜的乡亲们，草寮是他们的第一代"住房"。更为糟糕的是，十多年来，本就低贱的菜价起起伏伏，高昂的房价却一路飙升。用种菜的收益为自己在城里买房的愿望，实属天方夜谭，第一代移民根本难以实现。堂姐一家在蚊蝇肆虐、鼠蛇出没的草寮居住多年以后，在郊区租了一座老房子，条件算是略有改善。

邻居们都互相善待，但堂姐的顾虑不无道理，大伯父来日无多，如果回到了租住的房子里，在别人的房子里辞世，主人是忌讳的，过不了房子的主人这一关。然而这种顾虑已无力抵挡残酷的既成现实，那就是，大伯父不回租来的房子，回到哪儿？

老家已无家！

搬离老家以后，我们的房子破败得非常之快。有一天，我回老家看到，那些爷爷和大伯父含辛茹苦从泰顺扛回来的栋梁，已腐朽不堪，匍匐在地，蚂蚁吃空了坚实的木质，只剩松软的外皮。连坚固的石头墙也倒塌了。野藤到处伸展，爬满了整个厝基，一派荒凉。

这荒凉总还是可以怀旧的，比如我父亲，时不时还会跑来坐坐，看看这里的草木，摸摸这里的石头，有助于消解他依然浓烈的思乡情怀。

可村里有的老厝连厝基也无存了。

听说是缘于一场"移民"政策，和土地交易有关。大规模的自发移民潮过后，农村空下了许多房子，也空下了许多村子和土地；但是，城市里愈演愈烈的工业化和城镇化，土地成为炙手可热的商品，在服从国家"占补平衡"耕地保护的基本制度的前提下，为了在城市开发更多的土地，就用农村的"剩余"土地来"补偿"，农村的耕地理论上不能占用，所以有人瞄上了这些大量的老房子、废厝基。于是，推土机开进了村子，坚硬而冰冷的铲子伸向这些村民曾经用生命的养分滋润的家园，把它们夷为平地，进行土地丈量，算作城市里被占用耕地的"补偿"。

整平之后的厝基，瓦砾和新土混杂，远看像极了一块块血肉模糊的老皮肤。

他们给村民每个人口2000元钱的补偿金，但许多村民拒绝接受这笔钱。

于是，村口还有一座半成新的空房子没有被推倒。堂姐夫说服原主人，花1800元钱买下了它，他要在这里，也只能在这里，为即将辞世的大伯父办一场较为体面的丧事，送大伯父最后一程。

丧事还是要办。村子虽已经消亡,但几百年间形成的民俗文化、伦理观念仍在做最后的挣扎,它们将稍微长久地存在于乡亲们心中,推土机一时半会儿难以根除——即便它最终仍免不了土崩瓦解的命运。

离开医院半个多月后,大伯父在病痛之中走完了他73岁的人生旅程——在城郊租住的房子里(感谢房子主人和邻居们的宽容理解),过后三天,亲人们护送着他的骨灰回到了老家,在临时买来的其实依然是别人的房子里办了丧事。随后,大伯父的骨灰安葬在我们老家的坟墓。

那一天,当七叔把大伯父的骨灰盒放进墓圹之后,封上最后一块砖头时,我积蓄多时的悲怆爆发,泪水夺眶而出。

坟墓是爷爷在世时主持建造的,它将是我们各位子孙"百年之后"的聚居地,我们每一个人,不管走得多远,骨灰都将回到这里,回到爷爷奶奶的目光之中。我不得不叹服并感谢爷爷的先见之明,如果没有这个坟墓,我们辞世之后的灵魂还得继续漂泊,无所归依。

若干年后,这也许是我和沦陷之后的故乡的唯一牵连。

原载《散文选刊·下半月》2014年第11期、《中国最美的散文》(中国书籍出版社2016年版)

一杯茶的背后

15岁那年暑假,我随父亲上山开茶园,村集体的茶园。

村里在小学有一个集体性质的制茶厂,为了增加村财收入,村委会决定在小学旁的一块山坡上再开辟一块茶园。在我们那个山村,每个家庭只有有限的几亩田地,水田种水稻,干园子种番薯,收成大部分作为自家的口粮,除此,最大宗的经济作物就是茶了。

村里给每个家庭派劳力,但是出工有适当的补贴,乡亲们便纷纷投工投劳。我记得整个山坡布满了人,好像一下子回到了"分田到户"前生产队集体劳动的场景里。大家大声说笑,充满激情,个把月时间,把一个长满灌木杂草的野山坡翻出了一垄垄鲜艳的新土。从下往上看,一条山脊犹如一个巨大的红色梯子,架到云彩的边上。

那时的我并不十分明了一项经济作物对一个农业家庭的意义。对于茶的最深刻记忆,就是一阵贪玩之后,回家对着壶嘴儿一阵狂饮。壶是粗制的家常日用陶壶，每天清晨，母亲起床后，先泡这样一壶茶。她先往壶里投入一小撮茶叶，再注入滚烫的开水，盖上壶盖，放在饭桌的一角。一天里，我们渴了，就用饭碗倒出一碗，几口喝干；或者干脆双手捧起茶壶，直接对着壶嘴咕噜咕噜地灌。父亲下地干活，必须带一壶。他往地里掘下的每一锄头，是这一壶茶给他补充的力气和养分。我家没有固定的茶园，但房前屋后、田边园角随处可见野生、半野生的茶树，春分一到，春风一吹，雀舌一样的芽雏儿噌噌地往出冒。清明前后，作为农妇的母亲，就开始忙碌一件事——采茶，一个春季可以采到三四茬的茶青出售。出售之余，留一些放在太阳底下晒干，再储存起来。我家住在泉水边，我们用屋后那口清冽的山泉水冲泡母亲亲手制作的野山茶。童年时光的茶是我一生中喝过的最好喝的茶。只是我当时不知道，这种不揉不炒、最接近自然的简易加工而成的茶叶，就是昔日受英国皇室青睐、今天渐受国人追捧的中国传统六大茶类之一的白茶。

毫无疑问，在20世纪80年代，茶青是我们家庭经济收入的重要来源，这些从红色泥土里吸收养分，长出的翠绿嫩芽，在母亲的双手间舞蹈，魔幻般变成了一张张钞票。我得以通过这一张张钞票铺成的山间小路"出走"，走出了那个小山村……

现在，我来到了被冠以"中国白茶之乡""中国名茶之乡""中国茶文化之乡"的福鼎市工作和生活。在福鼎，只要你走到任何一个山头，满眼青翠，不是树，就是茶。茶园随着山的走势不断延伸，在人们的眼前铺展一幅幅磅礴大气的山水画卷，它们的作者是山里的茶农。当地政府为了不辜负造化赐予的这一株株"灵叶"，想尽办法让茶叶惠泽一方百姓。作为政府部门里的一分子，这些年，我目睹甚至参与了许多意在做强茶业的茶事活动。我高兴地看到，由于政府的用心和用力，茶叶正在深层次地改变着福鼎的传统经济行为和社会结构，人们的社会生活，逐渐更多地围绕着茶展开，而不是酒、麻将和其他；在塑造品牌和拓展市场的过程中，福鼎以茶为纽带，与外界辽阔的世界产生越来越多的关系，这种关系不甚明朗但充满魅力——这就是一株伟大植物所能产生的传奇。水涨船高，在整体茶产业做大做强的背景下，茶农的收入也大大增加。他们用茶园的收益，完成他们人生所应当完成的事业，比如建造新房，培养子女。我相信，生长于茶山中的农家孩子，必定会在浓郁的茶香浸润中健康成长。

这才是茶乡最大的希望。

现在的我，一样喜欢喝茶。除了童年那样的牛饮，闲时，我也会像许多人一样，慢慢地泡上一杯茶细细品味，也会和朋友们聊一聊茶里的文化。我一直不太喜欢有些朋友把茶文化演绎得那么玄虚和繁复，作为一位从小喝茶长大的农家子弟，我的理解，"解民生之渴"才是茶里最大的文化。造化有心，创造这样一种植物，只为造福世人。如果说，我童年喝茶，解渴是最大的需要，那么，我现在喝茶，显然还有更多的功用，比如醒脑。一杯茶能让我清醒地思考，负责任地做事。喝下一杯茶，它提醒我：

如何不奢求土地的肥沃，守住脚下的一寸贫瘠，吸天地日月之精华，欣欣然地站立；如何做到即便只要一杯白水，也会释放一份清芬。

当然，面对一杯茶，还会很自然地联想到茶的产地，比如喝大红袍，会想到武夷山；喝龙井，会想到杭州西湖及其周围的群山；喝太姥银针，会想到福鼎那连绵不断的茶园，还有茶园里忙碌着的乡亲们的身影……

一杯茶的背后，是一个故乡。

原载《散文选刊·下半月》2015年第9期

魂牵梦萦的爱恋

其实，当听说词坛泰斗庄奴老先生莅临福鼎，我并未太意外和惊喜。近些年来，随着福鼎和太姥山、嵛山岛知名度的大幅度提升，前来游玩的各色人物逐渐增多，各级政要、文艺界"名人"，形形色色的各界"红人"，来了，又走了。多了，就不觉得新奇了。

但是，当我读到庄老的这六首《嵛山岛组曲》歌词之后，我敬佩这位年逾九旬的老人还有如此海潮般的澎湃激情；我更加深深地体味到了，一位远离祖国大陆几十年的游子，对祖国大陆自然大美的魂牵梦萦的爱！

同时，我为嵛山岛在2012年新年到来之际，能得到这样一份来自宝岛台湾的珍贵礼物，而感到由衷的高兴。

庄奴的脚步踏过了福鼎，福鼎的土地留下了一抹芳香；庄奴的目光掠过了嵛山岛，嵛山岛的上空回荡着一段美妙的旋律——

来处

> 欢迎您光临美丽仙岛／仙岛的美丽美自天然／当你的眼光注视天湖／天湖的美艳荡漾你心间
>
> ——《崳山岛组曲一·天湖》

这样的词句如诗如画，既高度概括出天湖纤尘不染本色自然的美，又以当地主人的身份向五湖四海的客人们发出热情的邀约，真挚热忱，令人倍感温暖。

《崳山岛组曲》语言浅近，凝练简约，生动活泼，情意隽永，亲切自然。庄老仅仅是抓住最能体现崳山岛风土人情之美的几个简单意象，诸如天湖、大海、蓝天、青草、涛声、帆影、石屋、渔夫等，就建构起一个超凡脱俗的意境，画出了崳山岛独具一格的美，迸发出对大美自然满腔的热爱。这组歌词充分调动了我们以往对熟悉的崳山岛的审美体验，又为我们呈现了一个全新而又更加纯美的海岛世界。

> 青草妩媚　时现笑靥／想起了想起了姊儿的脸／笑时也甜　不笑也甜／就好像就好像草儿一般
>
> ——《崳山岛组曲三·青青大草原》

以"姊儿的脸"比拟青青草儿，形象生动，令人遐想翩翩，寥寥数语勾画出这片青青大草原上那些叫人心旌摇曳的青春爱恋，字里行间满蕴一腔对这一片世外桃源般的绝妙风景的真爱之情，流露出一种人与自然得以交融无间的甜蜜芳醇的幸福感。

这是庄老娴熟运用"实处生虚，虚实相间"艺术手法给我们带来的审美享受。这组歌词语言看来平淡，读来平凡，然而起承转合、虚实相生之间别有一番隽永的滋味。"实处生虚"要求歌词能激发受众的联想和想象，具有召唤空间。譬如《天湖》这首歌词，着笔于湖光天色，以仙岛比拟崀山，化实为虚，突出其奇丽瑰秀之美；而"天蓝湖蓝/躺在我的眼前""湖蓝天蓝/躺在我的身边"这样的词句简直是神来之笔，他把天湖幻化为清纯的神女、高洁的仙姬，幻想她们与尘世凡俗之子相亲相爱，这就充分突出了天湖的美艳风姿，可谓"虚而不空"，因为在这虚拟的神话仙境里，融入了作者对美丽崀山岛的深入骸骨的迷恋。"虚实相间"，则要求歌词中立象（意象）典型，组合井然有序，不突兀，不杂乱，且情寓象中。如《美丽崀山岛》之第二、三节：

让我看一看　让我看一看/大海蓝天　绿水青山/点缀着岛国的大自然//让我看一看　让我看一看/海礁沙滩　石屋渔船/陪伴着岛民的好伙伴

这两节自远而近，由岛国而岛民，景象层次分明，而情感则给人以激动不已、兴奋莫名之感。

明人王骥德有言："世有不可解之诗，而不可令有不可解之曲。"歌词语言"贵浅不贵深",它要求在有限的时间内展现它的情感诉求,容不得听众的深思熟虑。但这浅不是浅俗、浅薄、浅陋,而是浅中见深蕴,俗中有大雅。以此观《崀山岛组曲》诸词,其遣词造句,可谓大俗大雅,雅俗共赏,活泼天然。

我想,耄耋之年的庄老肯定是已经"返老还童",进入了"返璞归真"之境界,他以一颗真正的童心来感受崀山之美,于是,在他笔下的崀山之美,既有十二分的真诚、极端的质朴,又洋溢着天然的童真。你看——

　　来了来了我来了/崀山岛我来了/这次我来是专程/看一看你家的宝

——《崀山岛组曲六·崀山岛我来了》

这样的词句是率性而发,直拙而不乏顽皮的色彩,所谓俗到家时自入神,其言语的背后可都是郁郁葱葱的爱,都是蓬蓬勃勃的情啊!

庄老1921年生于北京,青年时代经历战乱,1949年随部队到了台湾,从此数十年与大陆隔绝;写词五十载,作品超过三千首,至今笔耕不辍,被称为"与时间赛跑的老人"。历尽人间沧桑和人世艰辛的他,对人生和生命的感慨,在《崀山岛组曲》照样流露——

> 伫立崮山岛顶/远望海上帆影/帆影来去不停/好像漂浮人生//静坐海边石屋/耳中尽是涛声/涛声和我心语/人生奋斗莫停

——《崮山岛组曲二·帆影涛声》

可以想象，一位九十高龄的老人，面对"帆影涛声"，想到自己一生的"漂浮"和"奋斗"，有多少感慨在心头！可是在感慨之余，我们依然在词中读出了老人坦荡乐观的人生态度和一颗对"真善美"永不疲倦的心灵。

古人云："歌永言。"著名作曲家乔羽先生曾说："声乐艺术，在我看来是语言的延长和美化。"而"歌永言"之"永"，其实正包含着延长和美化的意思在内。歌词正是戴着听觉束缚的脚镣，来"延长"和"美化"自身，并调动听众的情感共鸣，以达到流传目的。

纵观《崮山岛组曲》，其风格清新淡雅，意境温情而美妙，弥漫着温暖的田园气息，洋溢着大自然的魅力，散发着人性的光芒。著名诗人艾青有诗云："为什么我的眼里饱含泪水，因为我对这土地爱得深沉。"套用这两句诗来评价庄老的这组《崮山岛组曲》，可谓："为什么我要放声歌唱，因为我对这仙岛一见钟情。"好的歌词必然要求缘情构象，只有内心的深潭蓄满本真的热爱与弥久的眷恋，才能真正做到立象而衍情，让歌词这种属于时间的听觉的语言艺术绽放永恒的光彩。

正因为如此，我们不能不对美丽的崓山岛再发一声叮咛：您可要记得这一位行将穿越百年沧桑时光的老人，他为您奉献的不仅仅是依然青春依然浪漫的款款歌吟，更是万千游子对祖国魂牵梦萦的爱恋啊！

或许，在庄老眼里，这小小的一个崓山岛，就是一整个大陆啊！

原载《福建日报》2011年3月16日、《人民日报·海外版》2011年3月19日

一片云遥望故乡

一

　　我和谢云先生只有一面之缘，可就是那次见面以后，一直想写点文字，为了记录一次看似平常却记忆深刻的见面，也为了内心一缕紧紧缠绕的乡愁，谢老的乡愁，我的乡愁，天下所有游子的乡愁。

　　见面在一年前，我和老家苍南的文友革新、宇春兄一起去北京参加一个关于散文的会议，其间，革新兄约我们一起去拜访谢老。谢云先生是当代中国著名书法家、诗人、出版家，老家文化人中的翘楚，苍南的骄傲，我仰慕已久，能见上一面，求之不得。

　　革新兄带了一箱老家的四季柚，说谢老乡情浓烈，最喜欢家乡的味道。其实只有八个，但扛着它坐地铁也颇不方便，辗转几站，到了谢家所在的小区，已过了午饭时间。考虑谢老可能午休,三个人就商量着,先找一家饭庄吃个饭,顺便把柚子寄在饭庄里,就近消磨两三个小时,等谢老午休起来再去拜访。不曾想,走到饭庄门口,革新指着大楼墙根底下一位拄着拐杖的老人说,那不是谢老吗!

老人身着黑色大衣,头戴瓜皮帽子,脚穿黑色布鞋,极小心地迈着碎步,朝我们这边走过来……原来他也是要到这家饭庄吃午饭的,见老家来人,显得很兴奋,便改变了计划:"不在这儿吃,我带你们去吃好的!"语气坚定,其意殷殷,我们只好听从。他带我们走出小区,穿过一个小广场,越过一条马路,来到了颇为气派的"中乐六星酒店"。

谢老说酒店是苍南老家人所开,自然点了一桌丰盛的家乡菜,还开了红酒。坐定之后,话匣子打开:"今天真是巧!"八十五年风雨人生,此时却流露着孩子般纯真的兴致。

"文学就是巧合,一个情节可以变成一部戏,一句话就可以演绎一部电影。但现实人生有更多的巧合。我一次到新疆,见路边一个人在吹埙,面前摆一个摊点,在卖埙。开始没认出来,一攀谈,家乡人,好像哪里见过,再一问,中学同学!问他怎么会从东南老家到了西南边陲。一言难尽!……"

二

谢老的叙述像一条波澜不惊的河流。险滩,激流,都隐伏在看似平静的河水下面。他从中学同学再说到大学同学,说同学也说自己。他们在人世的苦难、时代的悲欢、亲情的离合,对于故乡的眷恋,都化在了平静的叙述里。

谢老 1929 年出生于浙江省苍南县(原属平阳县)江山三大庙村。6 岁时跟随其父学画习字。读中学时参加"反饥饿反内战反迫害"运动,并开始接受地下党的教育,随即参加浙南游击队,新中国成立后在地方宣传部门工作。1954 年调到北京,翌年考入人民大学新闻系。1957 年的反右派斗争,被定为"右派分子",下放广西。

谢老在广西经受了长达二十年的人生磨难,"但是革命信仰、理想、精神没有倒塌,有时候还会因自信和执着而亢奋起来"。其间,他读书、练字、习诗,用思想来丰富孑然远游之身,用艺术为自己取暖。是时光之手的抚慰和对于生命的爱意,让这一切过往都成为平静的回忆。改革开放的春天到来,谢老回到了北京,被选为中国书协秘书长,后主持中国书协党组的工作,其间创办了线装书局。

初冬的北京,灰蒙蒙的天空下面,到处流窜着带刀的风,但酒店的包厢里春风拂面。谢老的平易拉近了我们之间的距离。这是难得的美好时光。我们吃着家乡菜,不时举起酒杯互相轻轻碰一下,一个话题接着一个话题,轻松自在,透着一股浓浓的故乡情谊,还有一丝让人感觉温暖的浪漫诗意。

对,就是诗意,眼前这位饱经风霜的老人身上洋溢着一股诗意，触动我的内心，拨动我的心弦，是那么令我着迷。

三

对着三位来自故乡的后生，他好像是对着一整个故乡，抑或是他故乡的老屋、村头的古庙、瓯江的帆影、玉苍山的杜鹃花……在倾诉。我知道，此时的我们代表的是谢老的故乡，这是谢老对故乡的礼遇和尊崇，故乡在他心里是一个伟大的存在，而且只能是遥望中的存在。他说："苍南人能够日日夜夜感受苍南大地的气息，是多么幸福！"

是啊！相比谢老，我是多么幸福！我也曾自诩游子，少时离开了生养的小山村，如今在靠近苍南的福建省福鼎市安家立业，我想家乡了，就能立马回去看看，见见亲戚，会会朋友，看看草木。我忧愁的是，我童年的小山村在城市化浪潮的裹挟之下已经走向了消亡，老家已无家，但我距离老家近，只要愿意，我还能时时"感受苍南大地的气息"。更重要的是，我遇到了一个不同于谢老当年的时代。事实上，当今时代，许多人把异乡当故乡，而内心不觉得有多大的痛楚。

"要不要争取回一次老家？"谈话到了后面，这是一个无法回避的问题，所以我们还是小心地问出了口。

"倒是很想回去啊！……"谢老的回答里有几分无奈。我知道这个话题的沉重，年事已高，回去一次故乡，对身心是一次不小的"折腾"。"近乡情更怯",在谢老身上还有更深一层的意味。

但这愈发加重了他的思乡之情,他把这晚年越来越浓烈的思乡之情都化在了书法作品之中,某种程度上成就了作品的高贵品质。评论家说,在当代中国书坛,谢云是一个巨大的存在。他独立的个性、深厚的学养、诗人的激情以及与世俯仰的庄骚精神,使他获得了这种独立的存在。

我不懂书法,但黄君先生对他作品的评论,窃以为切中肯綮,为知音之言,他说:"谢云先生内心世界蓬勃健康,充满智慧和阳光,然而他所经历的现实人生却艰难、曲折,充满苦涩和矛盾,这种格局不仅造成他处事淡然而又坚毅奋进的人生态度,更是他独特书法风格形成的根本原因。"

回乡后,革新兄送我 2014 年出版的《谢云书法作品集》,始知中国国家博物馆已收藏谢老捐赠的书法作品 68 幅,还刚刚得知,就在几天前(2016 年 1 月 15 日),国家博物馆为彰显谢老的捐赠义举,又为他新近几年不顾年迈,以忘我的精神创作并捐给国家博物馆的 81 幅书画作品举办"谢云书画艺术展"。他也曾多次为母校平阳中学和老家苍南捐赠书法作品达 145 幅(组)。他在《家乡出版〈谢云书法作品集〉感言》中说:"我今年八十五龄,老了,越来越想念家乡。几间老屋,空了。老屋前方鲸头笔架山,翠嶂梦中长照。家乡田园春天油菜花熟,夏秋稻禾熟的澄明丰满景象,藏于心田,化为笔象,作书法墨笺于家乡博物馆,乞求父老乡亲教正。吟曰:客旅书笺纸,风云诵韵声。人间传消息,天地故园情。"一颗拳拳赤子之心和戚戚游子之意,感人至深,令人动容。

老家人都说,谢老是一位重情之人。记得那一天,谢老时时举杯,充满激情,我们一共喝了两支红酒,谢老喝得最多,超过四人的平均量。他一头飘逸的银发,在灯光的映衬下,闪着金属的光芒。双颊酡红,使我联想到故乡的红土地,我很想把它唤作"故乡红"。

在长达三个小时的午饭之后,谢老带我们去他的工作室小坐,我见壁上挂着一幅"瓯江帆影",四个鸟篆大字,左侧画两片船帆在浪中漂泊,旁注曰:"向远方遥望,找一片孤帆,秋江一望泪潸潸……瓯人谢云八十有五 秋日。"

故乡在远方,一片云在苦苦地遥望……

原载《温州文学》2016年第3期、《苍南乡思》(文汇出版社2021年版)

乡愁是一坛老酒

乡愁是一坛老酒。

《谢云书画作品集》收入的第一幅作品为《父母之邦》,谢云先生的"父母之邦"即浙江苍南,那里也有我的故乡。

第二幅就是《酒歌》。有一年春节,先生的外甥携来其母即先生妹妹亲酿的老酒数十斤,先生见酒吟诗并书写"酒歌":

> 少年辞家去,家酒不闻香。他乡名酒沽,不如家中老酒壶……离家岁岁唏酒饥,耆老七四添心怡。妹妹送我家酿酒,正宗原味色泽稠。紫砂杯暖酒液酌,一杯一杯口底挪……岂是哥哥旧酷嗜,梦中酒暖故园思。点点滴滴思亲泪,尽入杯中情不挥……

因此事,先生还写了《饮家乡老酒歌》,是为作品集第三幅书法,内容节录如下:

来处

家乡老酒黄酒也……以老酒喻人，以诚恳处事，感化净化自己归于清和，于恬淡清正里清除了一生的倦容，热乎乎的心灵之酣畅，悠悠然袅袅不尽之馨蕴，达于妙境。愿世人相聚相生，如围住老酒酒坛凝聚……让哥哥我离乡数十载，历经沧桑之后，味之醇醇，歌之切切。

《酒歌》的创作时间为癸未年，先生七十四岁，而《饮家乡老酒歌》作于癸巳年，先生已八十有五。这一坛妹妹做的老酒，先生"饮"了十一年，还"味之醇醇，歌之切切"。

记得，农村老家有一种酒，做出酒后，再用那酒加酒曲再酿，叫作"酒做酒"。味道甘甜醇厚，后劲却奇大。我每次喝这种酒，必醉，感觉有一种神秘的力量。《酒歌》和《饮家乡老酒歌》就是先生酿制的"酒做酒"，他还加进了思乡的愁苦和幽情。

听说先生好客，尤其是对家乡来人。2014年底，我和老家文友革新兄在北京开会时，相随去拜见先生。先生以老家款待客人的方式热情地款待了我们，那就是——吃一餐饭，喝一顿酒。记得那一顿酒喝了近三个小时，一位少年离家，如今已耄耋之龄的老人，频频举杯，双颊酡红，对着故乡的来人，有无尽的兴致。回想当时一幕，今读《酒歌》中"家风酒德樽中问，客来觞倾歌吟殷"句，唏嘘不已。

书法集于乙未年底在革新兄处受得，是老家苍南县为答谢和展现先生爱乡思乡的戚戚游子心，将先生自20世纪70年代至今捐赠给苍南博物馆的三十七件（组）书画作品，整理编辑而成，由西泠印社出版。

《酒歌》还附有柯文辉先生《题鸟虫篆书〈酒歌〉》诗：

漫道瓯江远，乡醪淡最浓。
裳翁曾有志，原不在雕虫。

裳翁是谢云先生的号，鸟虫篆是先生探索创新的一种独特书体，源于"秦书八体"之一的"虫书"，融入现代元素，象隽形美，拙辣兼施，刘海粟评先生书法："奇而不奇，不奇而奇，放逸可观。"我观先生鸟虫篆，一个个字返璞归真，而又天真烂漫，像极了那天喝了酒的先生的脸庞。先生曾被错划为"右派"下放广西二十年，一辈子风风雨雨，跌宕起伏，但从没有放弃对书法的追求。但按柯先生的诗意，谢云先生原有书法之外的更深而远的追求。

柯先生是一位高人，近读卞毓方先生的《寻找大师》一书，刚好读到"柯文辉"，他说的一句话我印象深刻："以中国之大，人口之多，必有战胜物欲、躬耕寒斋、拒绝炒作，安于名、利、位三无状态，成为优秀艺术家而自己邻人皆不知的奇才出现，他们是中国文化真正的火种。"说的虽不全是谢云先生,我感觉有他的影子在。

捧读《谢云书画作品集》,如饮一坛家乡老酒,身体里有一股温热的力量在升腾。

原载《中国新闻出版广电报》2017 年 9 月 25 日

错过了许先生

"许先生的文章是大手笔,文史的功夫也做得深,堪称乐清第一人。"

乙未正月的一天,我们在崇森兄位于苍南灵溪公园路的家里小聚,他在书架上抽出一本《听蛙说古》,说转送给我好好读读,口气中不无对许先生的尊崇和敬重。崇森兄喜藏书,好读书,段位颇高,眼光也刁。这些年,他在《乐清日报》编副刊,已多次跟我提起乐清文史学者、前文联主席许宗斌先生。

《听蛙说古》是"乐邑寻踪文丛"第三辑中的一本。书首有一篇出版缘起,说所谓"寻踪"者,就是凝眸历史的背影,回溯文化的血脉。乐清地处温州北部,是一个方圆不足百里的县级市,但域内有雁荡名山,文化积淀深厚,文丛从各个方面反映乐清的地域历史文化,可谓功在当代,泽被千秋。主编就是许宗斌先生。

《听蛙说古》32开本,紫色硬皮,是一本雅致的"小书",但甚为耐读,地方历史文化信息密集,以乐清和雁荡为中心,信手拈来，散式辐射，纵横交错。此前崇森兄已送我许先生的另一本著作《雁荡山笔记》，在这本书的后记中，许先生说到为自己的文史文章写作定了几条规矩，其中一条是运用综合归纳之法，连类而及，纵横排比沟通。此中许先生所谓的"纵"，就是打破年代界限，不是一个年代的事不妨拉到一起叙述；"横"是指打破空间界线，叙雁山之事而不局限于雁山。他有一个很形象的比方，叫作"馒头大于蒸笼"。本意是讥讽以小欺大，因为馒头是装在蒸笼里的，不可能大过蒸笼。但许先生认为，地域性的题材，如果作者不过分拘守地界，是可以写出超越地界的意思来，那么，"馒头"就有可能大于"蒸笼"。能做到这一点并非易事，它需要很丰厚的学养储备和才情支撑，前两年我写作《福鼎史话》，也尝试着把"馒头"蒸得大一些，也只能大那么一点点，离大过"蒸笼"还差得远呢。

据说许先生当过农民、油漆匠、民办教师，浪迹过江湖，后考入原杭州大学中文系，早期写作以小说和散文为主，20世纪90年代，在从事文学写作的同时开始地方文史研究，冷板凳一坐二十几年，主修多部地方历史文献丛书，为乐清和雁荡山文化奉献了毕生精力。

说古是为了喻今。许先生用一位知识分子的责任和良知深度介入一个地方历史文化的挖掘和重构。比如收入《听蛙说古》中的长文《梅溪书院的前尘往事》，详细记述、考证了梅溪书院的历史。不是为了考证而考证，他说，消失已久的梅溪书院是温州历史上的著名书院，是乐清古代的一个文化高标，在乐清和温州历史上产生过重大影响，在促使乐清知识分子转型上发挥了决定性的作用。"重建梅溪书院，并将旧书院的三大功能加以现代转化，是一件非常有意义也非常有意思的事，我写此文，意在为之鼓与呼。"

乙未八月，我断断续续地还没有读完先生的两部著作，就从友人处惊闻先生去世的消息，我只有抚摸书页作深深的叹息！在拜读先生著作的过程中，我时时产生去乐清请益先生的想法，如今却已阴阳两隔矣。

黄永玉先生说：年轻人是时常错过老人的。我错过了许先生。

先生的斋名曰听蛙楼，在乐清城郊接合部，前面一河，春夏时节可闻蛙鼓阵阵，曹云霖先生曾赠联曰："结庐人境，可许闲吟元亮句；入耳蛙声，莫将错认稼轩居。"先生在《听蛙说古》的"前记"中说，以前听蛙楼的确可当这两句诗，但如今河对岸新造了大马路，车水马龙，河岸削直，又驳了石磡，从此不见泥土杂草，不知以后是否还有蛙声，还能让他在大自然的"两部鼓吹"中写点自己喜爱写的文字了。

"前记"写于 2014 年 12 月，距先生辞世仅八个月时间。

是什么使先生走得如此仓促！

原载《海外文摘·文学》2018 年第 11 期

来处

舌尖上的鱼

人类在茹毛饮血的生食阶段即已开始食鱼。根据民族学提供的资料，人类早期的捕鱼方法是手捉和棒打，或用索标射捕。他们居住在溪河两岸或是近海的小山冈上，下水捕鱼是他们天生的本领。随着架舟能力的提高，他们除在沿海浅水捕鱼，还慢慢发展到深海中捕捞。到了唐宋时期，东南沿海即有渔民出外海捕鱼。明清时期，已开发形成了渔场和渔港。每年立夏时节，黄瓜鱼成群应候而来，海面渔船往来如织。远近鱼商云集，通宵达旦，灯火辉煌。

凌晨三四点钟起锚，驶向洋面。由渔民老大视察海埕地形，水纹潮汐时间，窥听鱼群方向。老大窥听鱼群方向通过船上的舵枒。舵枒又叫尾拖，这是观察鱼群所在的关键渔具。尾拖只许用椿木做成，其他硬木都不能用。因为椿木结构松弛容易传递声波。尾拖长四米，上圆，插水下半截是扁的，老大耳靠尾拖顶端听鱼群喊叫声。在海边，随便找一个二十世纪三四十年代出生的老渔民，他都能给你如数家珍地回忆年轻时参加捕捞黄瓜鱼的盛况。

鱼群游泳活动和喊叫声传到尾拖，被老大听觉鱼群的集结点，再施以一种名为"敲罟"的捕鱼之法，即以黄戟木敲打出有节奏的声音，鱼群便应声而来，然后大小两艘渔船左右夹攻，布以渔网。突降的灾难使鱼试图拼尽力气破网逃离，集体迸发的惊人力量甚至能托起渔网冲破水面，胆大的渔民此时跳上浮网，踩踏鱼儿的身体而不沉没。有人吹响螺角，庆祝他们的丰收。

我想象那是一群欢快的鱼儿，每年四五月间，从东海老家长途跋涉而来，靠近海岸，欲得有咸、淡水交汇处催产繁殖。它们带着体内繁育期的躁动和对新生命的期待，如非洲草原上迁徙的角马群，又如西太平洋上空的台风，成群结队，呼啸而来，而难以控制的水中动静，导致它们的灭顶之灾。

黄瓜鱼就是大黄鱼，又叫黄花鱼，"以其当楝花黄而出云"，宋淳熙《三山志》叫作"石首鱼"，因为其"头中有石如碁子"。《遁斋闲览》说："南海有石首，盖鱼之极美者，头上有石如棋子。"闽东沿海渔民又称其为"咔嗑"或"敲罟"。名称的由来正是因为鱼头上的石子，由于头上长了石子，在水里听到黄戟木敲打的咔嗑声，头就会发晕，成群结队的大黄鱼就会往渔民围好的大围罾里游。有人说这就像武侠世界的六指琴魔用琴声杀人于无形，人类洞察并利用了大黄鱼的这个弱点，对它们进行毁灭性的掠夺。

毁灭性的滥捕直接造成鱼类资源的枯竭，前几年看到一张照片，摄于二十世纪六七十年代，一条大围罾渔船正在捕获大黄瓜鱼，渔网过处，无数金光闪闪的黄瓜鱼被聚集在船的周围，拖在渔船的旁侧，这张名为"一网金鳞"的图片以它摄人心魄的美艳和壮观获得过摄影大奖，被当地政府画册多次刊载。

美艳和壮观属于鱼儿，与人类无关；记录人类的，无非是贪婪和无度。

人的口腹之欲常常超乎想象，最经典的表现就是"拼死吃河豚"。河豚有剧毒，晚春初夏怀卵的河豚毒性最大。这种毒素能使人神经麻痹、呕吐、四肢发冷，进而心跳和呼吸停止。我在海边亲见一位老饕食河豚后中毒，待乡镇卫生院告知无力抢救而要转治四十五公里外的县医院时，有经验的渔民便自动放弃，因为凭他们的经验，车子的速度跑不过毒素在体内发作的速度。那些年在海边生活，时时听闻居民吃河豚毙命，但从未见河豚在渔民的餐桌上消失，可见这种毒物的美味是多么诱人。明代学者谢肇淛《五杂俎》记载一则吃河豚的故事，听起来可笑：有一个人到吴地做客，吴人招食河豚，临赴宴时妻子表示担心，说万一中毒，怎么办？他说："主人厚意，不好推却；何况是河豚这样的美味！假如不幸中毒，到时就用大便汤灌我，吐掉就没事了。"可是那天晚上刚好刮风，席间无河豚，而主人仍旧盛情，客人大醉而归，不省人事，妻子大惊，以为丈夫中了河豚毒，"急绞粪汁灌之，良久酒醒，见家人皇皇，问所以，具对，始知误矣"。

谢肇淛揶揄道:"古人有一事无成而虚咽一瓯溺者,不类是耶?"

与许多鱼类一样,野生河豚日渐枯竭,如今,养殖的河豚被大量引进酒店的餐桌,成为一道名贵的海鲜,价格不菲。河豚的毒素主要集中在卵巢、肝脏和胆囊等处,因此,只要处理得当,去掉含有毒素的部位便可以食用,因此酒店必须重金聘请专业宰杀人员,否则,难免有一天毒倒客人。允不允许人工养殖河豚,对政府来说是一个难题:禁,其实禁不住;不禁,安全无保障。人鱼相斗中,我唯一见到人类至今还在发愁的,就是面对有毒的河豚。

说到人鱼相斗,想到"斗鱼"。这种鱼我小时候在海边生活也许没见过,也许见过,但不知道它名叫斗鱼。它叫斗鱼,是因为它好斗,这个缺点,被人类识破,并利用以取乐。史料说:"大如指,长二三寸,身有花纹,绿红相间,尾鲜红有黄点。善斗,三伏时,取为角胜之戏。昔费无学有《斗鱼赋》。仲夏日长,畜之盆沼,亭午风清,开关会战,颇觉快心。"《五杂俎》也说到斗鱼:"吾闽莆中喜斗鱼,其色斓斒喜斗,缠绕终日,尾尽啮断,不解。此鱼吾郡亦有之,俗名'钱片鱼',蓄之盆中,诸鱼无不为所啮者,故人皆恶之,而莆人乃珍重如许,良可怪也。"在生灵面前,人类之恶暴露无遗,除了斗鱼,还有斗鸭、斗鸡、斗鹌鹑。《诗》曰:"鹑之奔奔。"估计鹌鹑的强健善斗,古人早已洞悉。只要能取乐,人什么都能斗。

我无意把记述引向灰暗无光,关于鱼儿的记忆本不该这样沉重，鱼虾世界还有我们意想不到的神奇和精彩，我这里想特别介绍一种蚶，名叫飞蚶。它生长在闽东一带的海滩上，到了夏季会长出一双"翅膀"，像羽毛球拍，又像古代状元帽的"帽耳"，具有飞跃的本领。其实是泥蚶到了产卵期，外壳上长出卵袋，当受到外界干扰刺激时，卵袋急速振动。每粒成熟的飞蚶重达三十多克，这薄如蝉翼的"翅膀"，却能把几百倍重于翅膀的蚶身带动进而飞跃起来。夏季中下潮水线一带，海水冲滩，成群泥蚶成抛物线状跳跃起来，如冰雹般纷坠，令人叹为观止。

但我知道，它们精彩的舞蹈，有一天也会在人类的舌尖上进行。

原载《散文选刊·下半月》2013年第9期、《2013中国最美的散文》（商务印书馆国际有限公司2014年版）

福鼎鱼片

我认为福鼎的"鱼片"这个称呼未必准确。赵继康在《饮食文化杂谭》一文中说到杭州西湖的宋五嫂是做鱼片的好手,被载入《南宋杂事》,留名于史。她做鱼片是"细批薄切到透明",与苏东坡所赞"吴儿脍缕薄欲飞,未去先说馋涎垂"差不多。福鼎的鱼片显然不是这种薄薄的片状食物,也不是鱼丸。北京一专栏作者叫夏芒的,把福建的鱼丸误认为南方的元宵,二者外形像,但吃起来截然不同,于是他说:"南方的元宵,它白色的皮实际上是碾碎的鱼肉鱼骨头,它的馅儿是掺有神秘佐料的猪肉,有北方人无法理解的甜味儿,福建人管它叫鱼丸。"也区别于我小时候母亲常做的"鱼羹",鱼羹的做法是,取整块鱼肉裹上一层淀粉蒸至半熟,放入锅中再煮后部分淀粉溶于水中,整道菜略呈糊状,故称鱼羹。按外形论,福鼎鱼片实际上就是"鱼疙瘩",和"面疙瘩"是同一回事。

这里就说到福鼎鱼片的做法。首先是取剥了皮、剔了刺的新鲜净肉，放在砧板上用刀细细地剁，直至一堆碎末烂泥，再加入姜米（去腥味，也有用姜汁）、精盐、白糖、味精和食用碱；其次是将调好料的鱼肉使劲揉搓，至胶状鱼糜；最后加淀粉，再一次反复揉搓，至有黏性的鱼肉团（鱼泥），制成鱼片坯。坯做完后就是煮，烧一锅水，开了后把火势转小，一手拿起附着一团鱼泥的毡板，一手执小刀（或用竹片，也有直接用手指捏），飞快地片出小粒投入锅中，待全部投好鱼片，加大火势，煮熟，舀入碗中，加上特制的汤料、调料。这就是制作福鼎鱼片的全部过程。因此，随意片出或捏出的不规则粒状福鼎鱼片，与其他如川味水煮鱼片、武汉双黄鱼片、山东软熘鱼片、山西湛江鱼片等真正的片状鱼片不是一回事。

作为小吃，福鼎鱼片自成风格，有地方特色。其口感柔嫩，极富弹性，韧而有劲，口齿留香。我小时候在苍南读书，苍南与福鼎虽一山相依，但口味略有不同，就鱼片来说，两地的外形相似，苍南的汤中不放辣，淡淡的酸，有点酱油味，较为温和。福鼎鱼片多有酸辣味，但不过火，淡淡的酸辣中又有着神秘的鲜甜。福鼎很多小吃都有这种味儿，如扁肉、肉燕、牛肉丸等，最为典型的是杂烩汤，所以福鼎人就干脆又把杂烩汤叫作酸辣汤。福鼎菜善于这种酸辣的调制，跟地处闽浙交界，以闽菜系的身份吸收瓯菜特色有关。川湘一带的辣，辣得放肆而张扬，福鼎的这种酸辣，辣得含蓄而隐忍，就如这一带的女子，款款风姿的内里包含小任性和小调皮。

福鼎传统小吃有一道把鱼片与粿汤放在一起,名唤"鱼片粿汤",说旧时城关天灯下(现市工商银行对面)有一家经营鱼片粿汤的小食铺,不是很显眼,却遐迩闻名。店主叫阿昂,擅长鱼片粿汤。生意红火,其人也红火,人们把他和鱼片粿汤合二为一了,都美称"鱼片昂"。旅游业热起后,地处十字街的"江记鱼片"被媒体关注,上了报纸和电视。我记得老江的拿手好菜里有"鲳汤",这种小吃的主要做法是"汤包鱼",即把鲜美的鲳鱼切成块后,浇上地瓜粉汤把鱼包住,拌上笋块等辅料熬制,也是大受欢迎。鲳汤的做法属于鱼羹的范畴,"江记"真正的鱼片是用鳗鱼肉为原料的"江记鱼片",其创始人江声赣,1934年在桐城中山中路开了商铺,传承至今已有三代。与任何一个地方的小吃一样,福鼎小吃也追求纯正和地道,其制作工艺有的是祖传,有的靠长期摸索。我认为福鼎鱼片的美味,关键在于反复揉搓,江记鱼片尤为重视这手上的功夫。手工的坚守才能保持味道的纯正,也许食物中神秘的美味正是来自时间、耐力和空气的交融,这是食物之外的味道。

鱼片在福鼎是一道经典小吃,福鼎市烹饪协会编《福鼎菜谱》时把它排在小吃类的第一位。其实鱼片是一道地道的家常菜,许多家庭主妇都会做,我母亲也特别愿意制作,即便做起来工序繁杂又费气力,其实原因是方便储存。我们老家住半山腰,见海,但靠山吃山,母亲十天半月一次,挑着山货到海边的集镇,卖掉山货换购海鲜,小山村旧时无电,电冰箱更是免谈,海

来处

鲜只能吃一两天，家庭主妇便学会变着花样做便于保存的海鲜衍生食品，如最常有的鳗鱼，就能做出鱼鲞、糟鱼、鱼枣、鱼羹，当然还有鱼片。母亲储存鱼片的办法是，做好鱼片坯煮熟后捞起，摊在竹篮子里挂在廊下，在冬天，这样储存能够几天不坏，要食用时取来再煮一下即可。可这也为我们这些馋家伙偷吃创造了条件，放学回来，我的眼睛经常盯着楼板下挂着的竹篮子，方便时取把凳子一攀，伸手进去，总能摸到几粒东西：鱼枣、鱼片或者肉丸。其实那时穷，这样的鱼货也算是奢侈食品，但母亲精打细算，把家经营得井井有条，我们还算能够经常吃吃。

母亲的手艺宠坏了我的味蕾，如今，不管满大街的福鼎鱼片广告怎么吆喝，我还是喜欢吃母亲亲手做的，于是，已经搬到海边小镇居住的母亲就得经常给我做一包鱼片寄到城里，我收到鱼片后就用食品袋一小包一小包地匀好，放在冰箱里，慢慢地品尝——这是我的专享福鼎鱼片，我幸福的味道。

写于 2015 年 5 月 4 日

番薯时光

今日看微信,"刘备我祖"的《史记·七〇后命运赋》勾起了我的回忆。《赋》中有言:"彼时虽物力艰辛,然不至于食糠。"不食糠,食何物?我等七十年代生人,童年的经典口粮就是地瓜米。

地瓜命贱,喜沙土,耐瘠薄,因此水田一类的精耕细作之地就留给了惯于养尊处优的水稻,它只在山坡无水处的旱地里生长。但它的确又是看破生命本质,能够一切随缘的典范。对于水分的要求,就如民谚所言:"干长柴根,湿长须根,不干不湿长块根。"对于肥力的要求则是:不给肥,不长个;给多少肥,长多大个。

父亲深谙地瓜的习性,每一道种植和管理工序都做到尽善尽美。栽种时深耕土壤,生长期适时浇水和除草,再施以自家猪圈或牛圈里的有机肥……地瓜知恩图报,只要不是太干旱的年景,都有好收成。一方水土养一方人,也养一方粮食。像父亲这样敬畏土地、尊重粮食、勤劳而负责任的农民，就能种出好地瓜。

幼时经历的农事，有几个时间节点印象深刻，如夏秋的"双抢"：早稻要赶在台风肆虐之前抢收归仓，紧接着，还得在立秋之前将晚稻抢插。等这一切忙完，地瓜也快成熟了。秋风一紧，地瓜藤开始萎蔫，如老教师日渐荒疏的额头，它们已把精华全给了地里头。割了藤，一垄垄土埂里就是一串串饱满的果实。一锄头下去，少则五六个，多则十来个，几米长的一埂，就能收得一担。因此，在我童年的记忆里，地瓜收成季，最考验的就是挑功。几亩地就能让地瓜垒起一座小山，这座小山要从地里搬回家，在没有公路的山村，考验非同寻常的耐力和愚公移山的精神。因为挑粮食，我后颈部被扁担磨出的肿块和厚茧多年以后才得以消退，而父亲布满双腿的静脉曲张则要等待一场手术，否则会终身携带。

愚公移山可以子子孙孙无限期接续完成，而地瓜不等人，因为易腐烂。除了短时间内熟食，就须加工成易于贮藏的干品。熟食有多种，如蒸、煮、烤，或者蒸了再切成片晒成地瓜干。清王士雄《随息居饮食谱》说地瓜可以"切而蒸晒，久藏不坏"，说的就是地瓜干的做法，逯耀东先生在文章里写成"地瓜签"，恐怕是台湾的叫法，从外形上看，似更贴切一点。而干品制作最普遍的是加工成细条状再风干或晒干，我们把它叫作地瓜米。叫米不是米，只是在某些时候作为口粮代替了米的功能，当然此中也表达了对米的渴念。选择房前屋后的迎风山冈头，长长的篾簟一排排与地面呈四十五度斜架，篾簟上的地瓜米要在秋风中充分萎凋和脱水。南方的深秋，台风已过，而"秋老虎"还在发威，可一到晚间，秋风萧瑟，偶尔还会有薄薄的晚霜降临，地瓜米在这样的天气里很容易变干。干透，就收起，一担担挑回，储存在自家的粮仓里，偶尔也出售，但似乎贱得很，卖不了几个钱。我的幼年记忆里，依稀还有人民公社生产队劳动的影子，跟在大人的身旁瞎胡闹，但记忆最深的是粮食永远不够吃，分的一袋子大米，煮熟的第一碗白米饭还得摆在屋外的天空下祭"天公"，然后，我们才可以"尝新"。但终究很有限，每一次煮饭，母亲先放一点大米在锅底，然后倒扣一个小碗护住大米，碗的外围则是一整锅的地瓜米。这小小一碗白米饭，先是我的专享，我长大一点，便是弟弟和妹妹的专享。有一次放学回家，空腹嗷嗷，未经请示，吃了一碗本来留给弟弟的白米饭，受到了母亲的责怪。在物资匮乏的年代，这种"长幼有序"爱护弱小，是我们长期坚持的家风。包产到户后，大米产量增加，那些年的锅里，是一半白米饭一半地瓜米饭，大人吃地瓜米，小孩吃白米饭。

闽浙边界沿海多山地和丘陵，大多是明末清初由闽南或闽东浙南平原地带逃避灾难的移民到此定居后得以开发，先辈们以巨大的艰辛在陡峭的山地间开荒，水源灌溉得到的地方，就开垦水田培育水稻，但更多的则是旱地，那就只能种植地瓜。我不大记得到底是哪一年我们家完全不用地瓜米饭当主食，大米产量的提高或许是在杂交水稻的发明之后,原来水稻产量低下,而水田又是那么有限(有时有限的稻米自己不舍得吃而用于出售以资日常用度),是地瓜米帮助我们度过了那些艰难的岁月。古人言:"由俭入奢易,由奢入俭难。"当年的困难日子,经历了,就是一笔人生的财富。人无法选择出身,富贵也好,贫穷也罢,均须俭朴自安。这是地瓜的品质,更是人生的哲学。

地瓜,我们闽南话其实就叫作番薯。东南沿海居民对舶来品习惯在原名之前加"番"字。番薯原产于中美洲,在明代辗转自东南亚传入中国。番薯传入后,即被视为一种救荒的食物。谢肇淛《五杂俎》曰:"闽中有番薯,似山药而肥白过之,种沙地中,易生而极蕃衍,饥馑之岁,民多赖以全活。"亦有县志记载:"每日三餐,富者米饭,贫者食粥及地瓜,虽歉岁不闻饥啼声。"如今我们大鱼大肉,已完全不吃地瓜米饭,市场上也难得出售,而超市里见到的地瓜,则和水果摆在一起。记得两年前,父亲起怀旧之思,回老家栽种了一些,新鲜地瓜吃不完,也做了一点地瓜米,有时掺在白米中煮一点,显得甘美可口。回想专吃地瓜米的岁月,日子那么艰难,觉得地瓜米好难下咽,现在偶尔吃一点,倒成为受全家人欢迎的健康食品了。

文章结尾时,翻阅旧时的读书笔记,看到一则打油诗,其意甚为贴切,知番薯卑微而高尚的品格已为人们所推崇,但未知何人所作,兹录如下:

旧年果腹不愿谈,今日倒成席上餐。

人情颠倒他不颠,自有真情在心间。

羞为王侯桌上宴,乐充粗粮济民难。

若是身价早些贵,今生不怨埋沙碱。

原载《散文选刊·下半月》2015年第9期

来处

童年的蚕豆

谷雨那天,去市场买菜,见蚕豆已经上市。有连壳儿卖的,一斤四元。春蚕一样的豆荚儿,翠绿翠绿的,饱胀着一春的雨水,看着就令人嘴馋。但我还是买了一斤七元的剥了皮儿的豆仁儿。因为一盘算,确实划得来,不计工夫钱(剥了壳儿还要剥皮儿),那剥下的肥厚的豆壳儿,一斤也不止三块钱呀!

说起剥豆,就想起小时候蚕豆收成的季节。不正是谷雨前后吗?孩子们褪去身上厚重的冬装和脚上的布鞋,轻快的身子燕子一样穿梭在地里头,别的干不来,摘蚕豆却是最适合的活儿。蚕豆也的确招人喜欢,蚕虫一样的身子,手掌一抓就是一条,厚实饱满。不一会儿,就有了一篮子,小半天工夫就摘了一箩筐。背着箩筐走在路上,想着锅里诱人的清香味儿,回家的脚步也变得轻快。假如是去年冬天随父亲一起来种的种子,又看着它长大,开花,结果,慢慢等到了采摘的时节,这种收获的快乐在心里就像饱满的豆粒一样充盈。通常,年纪大了喜欢回忆,可童年只有憧憬，热切的憧憬使每一个日子变得美好而充实。

急也没用，先剥去豆壳儿方能下锅煮。依着大箩筐，拿一个大碗坐下来，左手抓一条，右手的大拇指盯准了豆荚儿的肚皮，指尖像手术刀一样切下去，两边向外一划拉，两粒豆娃娃就在你的眼前，水灵灵，亮晶晶，头顶一条弯弯的牙儿，朝着你笑。一会儿，就剥了一大碗。

最便捷的就是连皮白煮。放一锅清水，再加一点盐，煮上几分钟。熟了滤去水，一粒粒还是那么饱满，有的甚至胀破了皮，露着一截新鲜的果肉，拿在嘴边，用手一挤，果仁儿哧溜一声早跑嘴里去了……

童年，蚕豆是最常食用的零食之一。

鲜豆吃不完就晒成干。要吃干豆有两种做法，一种还是水煮。先放水里发开，浸到饱满状态，锅里换新水，先加五香，再加盐巴，不多时，水煮干蚕豆出锅，叫"五香豆"。另一种做法就是炒。炒也有两种，一种硬炒，干蚕豆入锅，只放少许盐，用锅铲不断地翻，炒到熟，汪曾祺先生说，这种炒法在北京叫"铁蚕豆"，言其吃起来极硬；另一种水泡后砂炒，叫"酥蚕豆"。不管哪一种，都是孩子们极好的零食，装在裤子或上衣的口袋里，一口袋可以吃上大半天。关键是吃蚕豆可以不耽误玩耍，抓一粒放嘴里，先含着，让豆子里盐和豆交融的味道在嘴里漾开，然后再用唾液焖着豆儿。如果是铁蚕豆，一粒可以含在嘴里好长时间，一点儿一点儿地化，是极解馋的办法。

自家不常做，能在店铺里买到的一种零食，我们叫它"莲花豆"。因为要油炸，旧时，一般山村人家没有条件备那么多油，所以店主儿就成批炸了卖。做法是炸之前在豆尾巴上剁一刀，炸后豆瓣四裂，连皮儿也向外翻开，像一朵盛开的莲花。小店里的货架上有多种零食，面茶糕、花生仁、莲花豆、麻花（我们叫草绳儿）……用玻璃瓶装好，盖着盖儿，如实验室里的标本，极珍贵的样子。那时候一分的零用钱只够买一粒薄薄的姜糖，一把莲花豆要五分钱以上，所以不能常买，但如遇到柜台前有大人站着或坐着喝酒，也常能见怜从小小的碟子分得几粒。奢侈一点儿的是剥了皮儿吃，有时候连皮儿也不剥，一整粒放嘴里，用舌尖挑出果皮和果仁，先吃了酸酸脆脆的果仁，硬硬咸咸的果皮儿就含在嘴里慢慢地化……

蚕豆收成的季节，小店里柜台前站着喝酒的大人就会比平时多，虽春寒未尽，但已开始育秧，水田里的水还很清冽，大人们匆匆就着一小碟莲花豆喝几口烧酒，是下田前的暖身，一个农忙季节即将到来。

蚕豆是学名，我们农村一直把它叫作"花豆"，我不知道为什么。不过蚕豆花的确漂亮，花茎是紫色的，粉白花瓣薄如蝉翼，中间未开的花瓣的根部长有大块黑斑，乍一看如蝴蝶的身子，一朵朵蚕豆花就如一只只展翅的蝴蝶，在春天的田野里飞舞。为什么叫蚕豆？说法有两种，汪曾祺老先生认为是养蚕时候吃的豆，有道理，王祯的《农书》认为豆于蚕时成熟；可李时珍说，豆荚状如老蚕，故名蚕豆，也有道理。鲁迅先生把它叫作罗汉豆，我也不知道为什么。加茴香煮就叫作"茴香豆"，孔乙己先生爱吃，那次去绍兴，在咸亨酒店买了吃，觉得不好吃，味重，又苦又咸，与我童年记忆里水煮蚕豆的清新甘甜不是同一个档次！我想，不单单是食品，旅游景区的批量生产，可以使任何东西走味。

不作为零食的蚕豆有多种做法。常吃的有蚕豆饭，先煮半熟，去皮，和入糯米中炒；或者去皮后直接和入米中同煮，均清香可口。其次是蒸豆仁：去皮，放少许盐，隔水蒸，吃原味，香甜。还有放入酸菜同煮或炒，是南方经典的菜品。当然，蚕豆还可以是许多菜品的辅料，如蚕豆炖排骨、鲫鱼蚕豆汤、蚕豆炒虾仁等，对了，蚕豆还可以包粽子。

谷雨过后即是立夏，连着多天，我从市场买回蚕豆，变着法儿煮各种蚕豆给女儿吃，希望她能够和我一同享用这季节的美味，可她就是不喜欢。我只有深深的无奈，孩子们属于现时的城市，她哪里领略得了我们儿时乡土的味道！

原载《散文选刊·下半月》2015年第9期

来处

鼎边糊

多种小吃与明朝戚继光抗倭有关,鼎边糊就是其中一种。

相传,戚继光打击倭寇时,百姓为慰劳军士,浸米磨浆,准备精制各种粿食。忽然一匹快马带来紧急军情,谓倭寇正策划偷袭戚家军营,戚继光乃决定提前拂晓出击。然而未干的米浆做不了粿,百姓匆忙间将做馅用的肉丁、香菇、虾干、小白菜、葱一起放入锅里煮成汤,待滚沸再倒米浆入锅搅拌,让将士吃米糊暖暖身子,没想到竟大受欢迎。一位老人盛了一碗给戚将军。

"老人家,这是什么啊?"

"锅边糊。"

锅边糊就是鼎边糊。闽方言把锅叫作鼎。福州一带盛行,台湾叫作"鐤边趖"。做得好的鼎边糊是先将大米磨成米浆,以纱布装虾皮末煮成虾汤;大锅内的清水煮至七成开时,分四次沿鼎边浇米浆入锅内,再放进蛏子干、香菇丝、丁香鱼干、葱、蒜和虾末汤调味。

我在福鼎桐山北市场吃的没有这么丰富的配料，只有少许葱末和酸菜，但在物价飞涨的今天，居然大碗两块五，小碗一块五。饭量小的，如小孩和女士，一块五管一顿早餐，真真便宜。北市场的这一家好像连个门面也没有，在巷子的拐角处，靠着一户人家的屋前（更可能是自己家，我没有细究），搭起了一块几平方米大的油布遮雨，一个硕大的锅灶就在油布的正中下方，灶旁伸出一个粗黑的铁管当作烟囱，附着这一户人家的墙壁往上爬。和烟囱一样高的，就是顺着墙脚往上堆的干柴了。

一个阿姨在熟练地操作，她先往灶膛里加两片干柴，拨弄拨弄火苗，火势慢慢就大了起来；再转一个身，到了灶面，抓起一个红色水桶，里面是兑好的汤水，顺势全部倒进了大铁锅里；放下水桶，她转身再来到灶膛前，往灶膛里加干柴，这时，火势更大了；稍过片刻，锅里的汤水就开了，这时她抓起另外一个水桶，里面是稠得多的米浆，掺着酸菜和葱叶，她左手抓桶，右手用勺子舀一勺子米浆，沿着铁锅的边沿浇下去；米浆溜得快的，就到了翻滚的水里去了，很容易使人想到"赴汤蹈火"里的"赴汤"，义无反顾的样子，溜得慢一些的，就趴在锅边慢慢地变干，阿姨看到了，很责怪它们慢吞吞的样子，就抄起锅铲，一圈下来，它们也全"赴汤"去了……

台湾美食作家焦桐写过一篇《鼎边趖》，文中把"趖"字细细考证了一番，最终认为是闽南语"挲"的谐音，意谓浓稠的米浆沿着大鼎内侧摩挲一圈，再刮落入汤里的过程。《说文·走部》曰："趖，走意。"素有古语化石之称的闽南语，"趖"，除了

245

来处

"走",还有"逛"的意思,即取米浆沿着锅边逛一圈之意。

我便想到了童年时候母亲为我们煮"米糵",母亲这个"趆"的动作烙在了我的脑子里。每当她开恩为我们煮一锅米糵打打牙祭时,从浸米,到磨米浆,到备配料,再到米浆下锅,对我们来说是一个漫长的过程,我们带着咕噜咕噜叫的肚肠围着灶台看的时候,就差眼珠子掉进锅里了。每当母亲"趆"一下,我们就咽一口口水,怎能不印象深刻!在我的记忆里,吃米糵多是丝瓜成熟的季节,大概是在春夏之交,约五十厘米长的丝瓜饱满而又鲜嫩,从父亲打理的瓜架上摘下来,削去皮。正当锅里的汤水欢快地翻滚,母亲左手拿瓜,右手抓刀,刀起片飞,丝瓜一片片随着刀影跃入汤水之中,如一只只初长的鸭子看到一塘春水,争先恐后,一片欢腾。丝瓜的清甜使一碗米糵有了季节的味道。

母亲做的米糵,其实就是鼎边糊,我们家乡习惯把糊状的食物叫作"糵"。米糵属于我的童年,而鼎边糊我是后来离家独立生活到了福鼎后才在北市场这边吃到的,它在我的"社会化"以后。我其实也感谢并且佩服北市场"鼎边糊阿姨",因为,离我来福鼎第一次吃鼎边糊也有二十多年了,鼎边糊阿姨的青春都在里面了。我想,其实做一锅可口的鼎边糊不是一件特别困难的事,许多老字号小吃能够获得人们的喜爱,除了小吃本身,更多的还是他们心里想的是自己还是他人的问题,所谓做菜容易,做人难。

我时常很想吃一碗童年的米糵,那里面有妈妈的味道。

写于 2011 年 11 月 20 日

世间冷暖一杯羹

人性有多美，羹的味道就有多美。

中国人吃羹已超过五千年，据说是黄帝的创造，尧帝吃"藜藿之羹"，彭祖给尧帝献"雉羹"。藜、藿均是多年生草本植物，泛指野菜，藜藿之羹即指粗劣的汤羹。雉即野鸡，雉羹就是用野鸡加稷米同炖而成。传说篯铿善于烹调，把自己创制的雉羹献给尧帝，治好了尧帝的重病，尧帝便把彭城封给他，后世称彭祖。据考证，先秦时期的羹，可以分为肉、带汁肉以及肉汁几类，汉代以后，羹逐渐变化，通常做法就是用水、肉、五味在炊具中煮成浓汤，其中，肉可以变换成肉加蔬菜，或蔬菜。古人为了增加汤汁的黏稠度，往往要加米屑调和，米屑是碾出的，磨发明后有了粉，后来又有了芡。没有这些增加黏稠度的东西，羹就是汤。

周公吐哺，天下归心。周公礼贤下士，由于频频接待访客，他吃一顿饭竟要吐出三回来。这是为何？你正吃着饭，有客人来见你，你把饭吞下去不就得了，干吗吐出来？原因是这饭一时半

来处

会儿难以下咽。那时的干饭又粗又涩，容易噎着，所以必须发明有"助咽剂"功用的羹。最早的羹属于贵族，而且多做肉羹，有鸭羹、犬羹、兔羹、熊羹等；待平民也会做羹，应该多是菜羹。《庄子》载："孔子厄于陈蔡之间，七日不火，食藜羹不糁。"他的穷学生颜回连菜羹也吃不上，"一箪食，一瓢饮"，就是吃一口饭，配一口凉水。我们现在说吃饭配菜，最早是从有了羹开始的。所以李渔就说，有饭即应有羹，无羹则饭不能下。"饭犹舟也，羹犹水也。舟之在滩非水不下，与饭之在喉非汤不下，其势一也。"

实用基础上的审美往往是有条件的人群的创造，美食就是其中的典型代表，贵族们除了用羹来下饭，还进行了各种各样的改良，创造了许多羹品，其中有两个名气很大的品种，即大羹和铏羹。大羹为不加五味的肉汁，祭祀时用；铏羹则用动物原料加蘁、薇等蔬菜及五味在铏器中煮成，常用作"陪鼎"祭祀。"国之大事，在祀与戎"，祭祀是一件非常庄重的事情，羹能用于祭祀，说明羹在食物中的地位。但过犹不及，显贵们有钱就任性，闲来无事再加喜欢显摆的臭毛病，就创造出了一些过分繁复的羹品，有些做法令一般人难以理解，比如唐代李德裕用珠玉、雄黄、朱砂碾碎为羹；明代冒襄设羊羹宴，中席用羊三百只，上席用羊要五百只。说起羊羹，还有更加任性的人。《战国策》记载，中山君宴请众大夫，因羊羹做得太少，司马子期没能吃到，一怒之下叛国投楚，并说服楚王攻打中山国，中山君逃亡国外，说：

"吾以一杯羹致亡国。"一杯羊羹,何至于此?估计在当时羊羹是很珍贵的食物,吃羊羹或是不常享有的福利和一种特殊的待遇。但归根结底在于人心,能知恩图报之人,何碍于一杯羊羹?如果是一只白眼狼,即便三餐喂以羊羹,又有何用!

但这个例子似乎可以反证食物在国家政治中的重要作用,正所谓"民以食为天"。《史记》记载刘邦数困荥阳、成皋,并打算放弃成皋以东的地盘,构筑巩县、洛阳一线以抗拒项羽,而郦食其则认为,"王者以民为天,而民以食为天",劝刘邦固守成皋,取荥阳,"据敖仓之粟"。正因为刘邦采纳了郦食其的建议,占据了秦朝建在敖山之上的特大型国家粮库,才渡过了难关,并最终打败了项羽。

孔子曰:"足食,足兵,民信之矣。"老百姓首先要填饱肚子,然后才会听你的调遣。回到羹,这种肠胃和味蕾指挥脑袋的事,最经典的要数张翰和他的莼羹。《晋书·张翰传》:"翰因见秋风起,乃思吴中菰菜、莼羹、鲈鱼脍,曰:'人生贵得适志,何能羁宦数千里以要名爵乎!'遂命驾而归。"《世说新语》云:"张季鹰(张翰)辟齐王东曹掾,在洛,见秋风起,因思吴中菰菜羹、鲈鱼脍,曰:'人生贵得适意尔,何能羁宦数千里以要名爵?'遂命驾便归。俄而齐王败,时人皆谓为见机。"尽管张翰思乡南归或许与逃避当时的政治斗争有关,但是,他思乡的"乡情"实实在在是与"乡味"紧密相连的。张翰之后,莼羹就成为一种怀恋家乡、不图功利的文化表象,人们对莼羹寄托了一种人

来处

格精神。

　　羹寄思乡之情，亦托怀旧之绪。苏东坡曾写有《狄韶州煮蔓菁芦菔羹》一诗："我昔在田间，寒疱有珍烹。常支折脚鼎，自煮花蔓菁。中年失此味，想像如隔生。谁知南岳老，解作东坡羹。中有芦菔根，尚含晓露清。勿语贵公子，从渠醉膻腥。"诗中的"东坡羹"据说就是早年苏东坡为自己制作的羹起的名字，因为他看到狄韶州煮的蔓菁芦菔羹与他的"东坡羹"相似，便勾起了怀旧情绪，就写下了以上这首诗。所谓东坡羹，只不过是一种很普通的菜羹，"不用鱼肉五味，有自然之甘"，而且还是在田野间架一口断了腿的破鼎做出的。诚如林语堂所言，苏东坡是一个无可救药的乐天派，智能优异，心灵却像天真的小孩。不这样，他如何度过奔走潦倒的一生。他对美食的态度，是对惊涛拍岸一般的生活的一种反叛，波澜曲折的日子里开出的一朵小小的浪花。

　　世间冷暖一杯羹。说到苏东坡，我想起另外一个人。这个人和一道羹的故事在东南沿海一个名叫福鼎的小邑流传了近千年。这个人是朱熹，大家耳熟能详，一个中国文化史上举足轻重的人物；这道羹却有一个颇为奇特的名字，叫作"澎海"。说的是，南宋大儒朱熹晚年遭遇"庆元党禁"，朝廷订立"伪学逆党"名单，朱熹首当其冲。朱熹被落职罢祠，赶出朝廷，甚至有人提出要杀朱熹以谢天下，名列党籍者都受到了不同程度的处罚，凡与他们有关系的人，都不许担任官职或参加科举考试。朱熹退避到了生养他的老家福建。回到老家的朱熹不改教育家的本色，不顾年迈之躯，辗转各地讲学会友，他经顺昌、南剑州、古田、寿宁，再来到地处闽东的长溪县。听闻老师来到长溪，同样因为"党禁"之祸避在老家的学生杨楫专程到长溪赤岸迎接老师到了潋村（今福鼎市太姥山镇潋城村）自己的家中，并在杨家祠堂设书院请朱熹讲学，使朱熹得以在这个相对平静的东南滨海一隅安心度过了大半年的时间。其间，他们经常和朱熹的另一位长溪籍学生高松穿梭于太姥山区的潋村、桐山及黄岐等地。夏日的一天，他来到了海边黄岐，由于道路崎岖不平，走起路来一不小心就会滑倒，特别费劲。朱熹年事已高，再经一天奔波，已经筋疲力尽，虽然饥饿难耐，但是什么都吃不进去。主人也无计可施。此时高松建议说："何不煮一碗鱼汤给先生充饥？"主人恍然大悟。但由于正是台风季节，数日来海上风大浪高，未能出海作业，家中没有活鲜，仅剩下一小块黄鱼肉。于是女主人就用这一小块鱼肉，切成丁加上鸡蛋清煮了一碗汤。说来也怪，朱熹食用了这碗热气腾腾、看似海浪翻滚的鱼羹汤后心旷神怡。面对大海，一阵风来，他心潮像海浪一样澎湃，连续写下两个"澎湃"，第三个却写成"澎海"。不用多说，这个"澎海"自然就成了这道羹的名字。

如今在福鼎，澎海这道羹不但被保留了下来，而且越来越讲究，除了可使用各种普通鱼类外，还有较为贵重的鱼翅、鱼唇、海参、螃蟹肉、干贝等。澎海成为福鼎的一道经典美食，凡是婚宴、寿宴、乔迁酒等各类宴席上都要上澎海，而且往往是第一道。这种讲究没有人能说出充分的理由，但其实也不难理解，这是一道"道义"之羹，一道被寄寓着风雨同舟、安危与共之精神的地方美食。你能体会，面对这一碗冒着热气的羹汤，朱熹为何心潮澎湃，他在当时遭受严重迫害而朝廷又大肆搜捕朱门学生和朋友之"逆党"的危急形势下，很多人主动与他"脱离关系"，而他在这里收获了爱护、信任和一贯的价值尊崇。

高成鸢先生说"羹"，肉类与植物相互作用会产生美味，在实践中，人们无意间发现，有一类菜能以强烈气息跟肉的一部分气息发生"火拼"，奇迹般地生出美味来。这羹的美味是物的气息火拼的结果，又何尝不是人性美好与丑恶绞杀的结果。

写于 2015 年 9 月 28 日

跋：把乡土表现为具有灵魂

拙作《福鼎史话》（商务印书馆国际有限公司2014年版）出版后，朋友们帮助我在北京举办了一个研讨会，会上，我提出了一个愿望：坚守文史和乡土题材而又能让散文写作走得更远一些。鲁院的王彬老师鼓励了我的想法，对我试图将文史与散文嫁接的努力表示赞赏。他后来特别写了一篇文章，对我的散文写作提出了希望，文章题目借用黑格尔在《美学》中称颂波斯诗人的话："把玫瑰表现为具有灵魂。"

会上，许多人肯定了《福鼎史话》存在的意义，对福鼎而言，需要这样一本介绍乡土历史文化的专门书籍；但我很清楚，对我而言，它不是真正意义上的文学散文的写作。我在写作《福鼎史话》的过程中，没办法介入太多个人主观的感受，因为狭义的文学散文的写作，过程必定充满了主观色彩。王彬老师很委婉地指出《福鼎史话》在文学散文写作上的局限，他做了一个比喻，同样是写酒，文史家是以酒为主体，文为载体；而散文家则是以文为主体，酒为载体。文史体与散文体，非文学与文学的区别就在于此。《福鼎史话》的特点就在于前者，此书首先必须向读者充分介绍福鼎的"史"，在此基础上，才见缝插针说几句属于自己的"话"。

评论家指出，一种有精神根据地的写作，才是值得信任的写作，我的精神根据地就是我生活着的这块土地。闽浙边区这块土地提供给我源源不断的厚实情感、生命体验、创作题材，让我找到了个体生命价值的所在，就如一滴水在大海之中，享用无边的快乐和幸福。我心怀感恩，愿意继续深情注视这块目前还缺少关注但依然有其独特文化蕴藉的乡土。这是我的情结，也是我的优势，这个乡土情结的优势是我散文写作过程中不断溢出的乡土气息，我的精神敬意和情感眷恋。我一定要从脚下出发，结合我所感兴趣并且正在努力的地域文化考察，把发掘和抒写历史文化、乡土民俗中的人世悲欢、人生境遇、人文情怀作为散文创作坚持不懈的追求目标。我要用手中的这支笔，重新对这块土地的乡土人文进行文学化重构，创造属于我的独一无二的心灵景致和文学景象，套用王彬老师的标题（黑格尔语），我要"把乡土表现为具有灵魂"。

当然，这乡土本身一定已经具有灵魂！

白荣敏
2015年11月29日，写于福鼎桐城石湖居